Des grenouilles
et des hommes

Du même auteur

De l'éprouvette au bébé spectacle
Complexe, « Le genre humain », 1984

L'œuf transparent
Flammarion, « Champs », 1986

Simon l'Embaumeur ou la solitude du magicien
(roman)
François Bourin, 1987
et Gallimard, « Folio », 1988

Le Magasin des enfants
(dir. par Jacques Testart)
François Bourin, 1990
Gallimard, « Folio », 1994

Le Désir du gène
François Bourin, 1992
Flammarion, « Champs », 1994

La Procréation médicalisée
Flammarion, « Dominos », 1993

L'Enfant de l'absente
(avec Thierry Jonquet et Jacques Tardi)
Seuil, « La Dérivée », 1994
et « Points » n° P588, 1999

Pour une éthique planétaire
(avec Jens Georg Reich)
Mille et une nuits/Arte éditions, 1997

Ève ou la répétition
(roman)
Odile Jacob, 1999

Des hommes probables
Seuil, 1999

Jacques Testart

Des grenouilles et des hommes

Conversations avec Jean Rostand

Éditions du Seuil

La première édition de cet ouvrage
a été publiée en 1995 aux Éditions Stock

ISBN : 2-02-041400-7
(ISBN 1re publication : 2-234-04558-4)

À Sarah
et Yamina

Avant-Propos

« Plus profondément l'homme pense,
et plus il s'enlise dans l'humain. »

Nul auteur ou familier ne m'a plus influencé que Jean Rostand. Dès mes seize ans je fus enflammé par cette alliance unique d'un pessimisme intégral avec l'émerveillement devant chaque fait de la vie, par son rationalisme sensible à la relativité des savoirs, aussi par son engagement contre la guerre et pour une citoyenneté mondiale. En 1964, j'adressai à Jean Rostand un long poème où je jetais mon ardeur juvénile contre la « misérable intelligence » de l'homme, destructeur de la nature, et célébrais la raison raisonnante, seule perspective salutaire pour mon esprit scientiste. Je reçus en réponse quelques mots chaleureux, et une invitation de Rostand à rencontrer « un homme qui me ressemble tant… ». C'est ainsi que j'arrivai à Ville-d'Avray un dimanche après-midi d'été et trouvai le vieil homme très sollicité : une douzaine d'invités, paraissant être des habitués, avaient pris place sur la terrasse de la belle maison, et chacun s'efforçait de capter l'attention du maître pour obtenir un compliment, ou de noter un de ses mots dans un carnet de poche. Mme Rostand, blanche et tremblante, s'affairait à distribuer des rafraîchissements. Quand Jean Rostand me prit par le bras pour m'entraîner dans le jardin, j'eus l'impression qu'il voulait s'échapper. Nous entrâmes dans la serre où il élevait ses batraciens et il saisit tour à tour plusieurs crapauds visqueux pour me montrer certaines anomalies de leurs pattes, dont il s'efforçait de comprendre l'origine. De retour sur la terrasse, et apprenant mon projet d'entrer dans la recherche scientifique, il proposa de m'y aider par ses relations. Je repris le train pour Paris, plutôt déçu de ma visite malgré que le biologiste m'eût ravi par ses attentions chaleureuses et cette façon que je connaissais bien de n'être vraiment à l'aise qu'au contact de la nature ; mais je n'avais pas apprécié son entourage flagorneur, impulsant chez le brave homme un réflexe d'assistance tant il avait dû s'accoutumer aux visites intéressées. Je ne revis jamais Rostand, sauf à des tribunes où il mettait sa belle tête de savant et son sens rare de la formule au service de la paix dans le monde.

Il existe bien des textes pour évoquer le biologiste-moraliste, écrits par ceux qui furent ses familiers, et ces textes vont des plus chaleureux et exhaustifs, comme ceux d'Andrée Tétry aux plus concis et pertinents, comme ceux de Jean-Louis Fisher. Il existe aussi des ouvrages qui utilisent Jean Rostand pour servir le besoin qu'a leur auteur de paraître. Le danger de « récupérer » dans les écrits de Rostand des éléments pour justifier mon propre point de vue me menaçait plus qu'un autre puisque le champ de mes recherches, aujourd'hui dénommé « biologie de la reproduction », et donc des réflexions qu'elles engagent, recouvre celui de Rostand. Je ne suis pas certain d'avoir toujours pu résister à cette tentation de me faire rétrospectivement approuver..., mais là n'était pas le but de cet ouvrage. Il était plutôt de faire partager plus largement la pensée de

Jean Rostand qui est d'une actualité étonnante d'abord parce que Rostand discutait déjà ces avancées techniques qui nourrissent aujourd'hui nos débats dits de bioéthique ; ensuite parce que son regard sur la nature ou la science comme sur l'humanité, scrupuleux, modeste et prudent, apporte des lumières fortes dans ces débats.

Il est une autre raison de faire revisiter Rostand qui m'est plus personnelle quoique j'aie peu fréquenté l'homme, je m'étonne depuis quarante ans de notre intimité. Je ne crois pas faire acte d'orgueil en éprouvant cette sensation, ni de vanité en la proclamant. Car c'est un de mes plus grands étonnements intellectuels que de conforter mon étrange parenté avec Jean Rostand à chaque fois que je le relis. Au point que je trouve dans ses ouvrages des formules ou des idées dont je croyais être l'inventeur… Serait-ce que je les redécouvre après les avoir empruntées à Rostand de longue date ? Ou bien que des certitudes et des doutes partagés nous mènent, Rostand et moi, aux mêmes conclusions et souvent aux mêmes mots, ici le « bouturage de l'humain » pour dire le clonage, là l'« épuration génique » pour évoquer l'eugénisme ?

L'univers de ma jeunesse, dans une banlieue ouvrière à quelques kilomètres de Paris, était bien différent de la magnifique campagne basque où a vécu Jean Rostand, dès l'âge de six ans. Pourtant, c'est bien la même passion qui, à la belle saison, me propulsait chaque jour dans les champs en friche aux alentours de la maison afin d'y capturer cétoines ou papillons machaons, qui me plaçait à l'affût dans le bosquet sauvage envahi de clématites pour y épier les bruyantes mésanges bleues, la fauvette presque muette, ou, s'annonçant par d'incessantes stridulations de dessous les feuilles mortes, la musaraigne en mouvement perpétuel. Dans cette jungle des faubourgs, le roi des animaux était sans conteste le merle ; son énorme chant d'alarme faisait taire la nature entière dès qu'il pressentait un danger, évoquant chaque fois le rugissement du lion, et le bouquet d'arbres sans cesse parcouru par l'explorateur en culottes courtes s'en trouvait épaissi de mystères exotiques. Mes sources d'information pour nommer chaque animal n'étaient pas celles de Rostand car je n'avais pas accès aux ouvrages enseignant les patronymes magnifiques qu'il évoque : « Galéruque de la Tanaisie, Anthonome du Pommier, Pentatome du Bouillon-blanc… » C'est donc avec le vocabulaire rustique emprunté à un voisin jardinier, et aussi grâce aux planches en couleurs du Larousse, que je nommais progressivement chaque être de chitine, de plumes, ou de poils, habitant l'univers de mes explorations. Il arrivait pourtant qu'un nom circonstanciel s'impose à telle bête découverte en situation tellement remarquable que son appellation commune, et par moi ignorée, eût été de moindre saveur, voire de moindre scientificité, que celle qui alors s'imposait. Ainsi pour ce papillon qui, au plus fort de l'été, ne manquait jamais de se poser sur la paroi froide de la carriole du livreur de glace. Tandis que le marchand découpait au pic le pain d'eau gelée pour en insérer la portion familiale dans un sac de jute, deux ou trois papillons fauves s'étalaient avec délices contre le bois brillant de froid et ne quittaient la carriole qu'au moment où elle s'ébranlait, tirée par un puissant cheval gris. Alors ma mère s'approchait avec seau et pelle pour recueillir le crottin bienfaisant à ses rosiers, et les papillons pourchassaient l'attelage à l'affût du prochain arrêt. C'est ainsi que je baptisais « glacière » ce lépidoptère du genre vanesse, absent de la planche en couleurs du Larousse. La faiblesse poétique du substantif « glacière » ne m'échappe pas mais je tiens pour certain qu'il signifie une particularité encore inconnue dans la biologie de l'insecte : pourquoi celui-ci, et seulement celui-ci, se livrait-il, jour après jour, et année après année, à ce curieux manège ? Peut-être la source de cette attirance était-elle le froid de la paroi, peut-être l'humidité transpirante du conteneur, ou peut-être seulement la couleur, voire l'écaille desquamée de la peinture ? Si, de la réponse à ces questions, pouvait dépendre la réalisation de quelque procédé commercialisable, la recherche scientifique nous aurait déjà renseignés ; l'absence de finalité pour l'observateur assidu pourrait être ce qui le réduit au rang de naturaliste, selon le regard méprisant des anatomistes moléculaires, lesquels demeurent éventuellement capables de différencier un papillon d'une libellule, mais plus rarement de repérer un fait biologique porteur de signification.

Cette histoire de papillons montre que le lot du naturaliste est aussi un parcours toujours nouveau du monde. La dénomination est certainement une des premières tâches qui se soient présentées à nos ancêtres : ceci est un « arbre », un « ennemi », un « papillon »… et, spécifiquement : cet arbre est un « olivier », cet ennemi est « de-la-forêt », et, pourquoi pas, ce papillon est une « glacière »… Le naturaliste est aussi celui qui retrouve les nécessités archaïques du langage et, par là, s'éveille à la permanence du phénomène humain.

C'est après la lecture des enthousiasmes minutieux de l'entomologiste Jean-Henri Fabre, relayée par celle des analyses lucides de Rostand, que j'ai moi aussi revendiqué le « droit d'être naturaliste », cet éternel enfant conscient de procéder du même matériau prodigieux que toute bête s'agitant sous ses yeux, et acceptant de s'en émerveiller à chaque instant. À observer avidement ce qu'à peine voient la plupart des autres, le naturaliste découvre l'évident raffinement d'une patte d'araignée ou d'un œil de mouche, et aussi les manœuvres vitales des organes et de toute la bête aux moments forts du sexe ou de la prédation. Il est fasciné par les similitudes des fonctions ou des tropismes : plutôt que séparer l'animal de l'homme, les comportements distinguent la faim de la satiété ou la peur de la sérénité. Alors le naturaliste éprouve « le plaisir de participer à un mystère fraternel, de violer l'intimité de ces menus personnages, si proches de nous et pourtant si lointains… ».

C'est peut-être la connaissance respectueuse du milieu que l'homme a en partage avec les autres vivants, ou alors seulement le goût pour les analogies, qui fait du naturaliste un philosophe ; il est même un philosophe naturel, comme on dit d'un enfant qu'il est « naturel » si son père n'est pas identifié, car la pensée du naturaliste s'alimente naturellement à l'école universelle et anonyme de la nature. C'est là que, rassasié de frissons admiratifs quand le spectacle le transforme en poète, l'enfant se prend à évaluer la place d'où il voit presque tout. Jean Rostand remarque que l'univers, en créant l'homme, « s'est donné à la fois une victime et un juge ». Ainsi l'enfant, presque tous les enfants avant que les familles ne fussent enfermées dans le béton, regarde vivre les bêtes et, par là, s'initie aux lois naturelles. On mesure mal les effets que pourrait avoir la privation de cet apprentissage dans les sociétés industrialisées ; non seulement parce que « cet esprit d'observation et de finesse est bien plus nécessaire que l'aptitude à jongler avec les symboles », mais aussi parce qu'il ne peut être indifférent que l'enfant se développe comme *in vitro,* abrité des vérités éternelles par les artifices de la civilisation fortifiée. Donc, aux temps récents où l'enfant admirait, juste devant la cuisine ou le salon, le travail lent du bousier, la force incroyable et obstinée de la fourmi ou les incomparables réflexes du sphinx en vol, il ne pouvait éviter les interrogations fondamentales à force de « trouver l'essentiel à ses pieds ». La leçon de choses jamais ne remplacera celle des choses.

Ma première gratitude envers Jean Rostand vient de ce que ses écrits m'ont autorisé à identifier cette passion d'être naturaliste, jusque-là refoulée comme si ce fût une perversion ; et qu'il ait dit les objets de la science avec tant de concision esthétique que mon émotion instinctive en face de la nature visible se porta spontanément vers la nature cachée, celle du dedans des êtres. Ainsi Rostand me jeta-t-il dans les bras de la recherche scientifique après avoir conforté mon impulsion pour le spectacle de la vie naturelle. Je pense ici à cet admirable livre, *Les Chromosomes,* qui, dès 1928, fit connaître en France les nouvelles théories sur les mécanismes de l'hérédité, « combattus encore par la plupart de nos savants officiels », indiquait Rostand en 1933. C'est seulement en 1955, alors que j'étais adolescent, que je découvris par hasard cet ouvrage, tellement plus passionnant et à peine moins informé que les manuels qu'on me conseilla plus tard, à l'Université. Rostand reconnaît l'« éminente dignité » de cette tâche de vulgarisation qui occupa une bonne partie de sa vie. Ce qui manque à beaucoup de ceux qu'on nous propose pour maîtres, c'est l'enthousiasme à « séduire de jeunes esprits ». De cet enthousiasme, Rostand ne manquait jamais, consacrant la même ardeur à observer les doryphores, à congeler la semence de grenouille ou à communiquer l'actualité de la science à partir d'informations qu'il avait lues. Surtout, la vigueur poétique de ses œuvres de vulgarisation n'était jamais l'occasion de concessions à la vérité, comme quand il met en garde, mais toujours joliment : « De là que les insectes favorisent certainement les amours de certaines fleurs, certains sont allés jusqu'à conclure que les fleurs n'avaient développé leurs beautés, leurs parfums, tous leurs attraits, que pour gagner leur clientèle... »

Ma deuxième raison d'être reconnaissant à Jean Rostand, c'est justement qu'il ait su conserver toute sa saveur à sa plume, alors même qu'elle pénétrait dans le sanctuaire tellement austère de la chose savante. « Dans la fourmilière scientifique, j'apportais comme une odeur suspecte de littérature », dira-t-il plus tard, à propos du refus par les maîtres de la Sorbonne d'admettre sa vocation à la recherche expérimentale. Et c'est ainsi que Jean Rostand devint le dernier artisan de la science, en cette époque où la recherche fut mise en institution, définitivement. Faut-il donc être incapable de bien écrire ou, pire, refouler le goût des mots, pour mériter l'accès aux laboratoires scientifiques ? Jean Rostand confesse qu'il dut affronter « l'indifférence dédaigneuse, presque ironique » du monde protégé des savants ; il est incontestable que l'attitude de supériorité satisfaite des « scientifiques » vis-à-vis des « littéraires » s'est encore aggravée depuis un demi-siècle. Ce que les mandarins, et les disciples qu'ils conditionnent pour leur succéder, craignaient de Jean Rostand n'était pas tant qu'il commette une trop jolie phrase en place du froid commentaire ritualisé qu'exige le style scientifique, mais qu'il manifeste « ce goût inconditionné du vrai – du vrai souple et vivant qui ment à son nom dès qu'il se pétrifie en certitude ».

Et j'en arrive à mon troisième motif, le plus important, de gratitude envers Jean Rostand, cet homme qui vénérait la vérité sans jamais la croire définitive, qui tâchait d'y voir clair sans pouvoir se persuader d'avoir déjà raison. À peine avais-je lu quelques-uns de ses ouvrages de vulgarisation que je tombai sur *Pensées d'un biologiste,* et ce livre ne me quitta plus, au point qu'aujourd'hui j'en connais par cœur l'essentiel. Tous ceux qui l'ont parcouru ont apprécié les formules ramassées, ciselées, percutantes de sens et de verve, construites dans le but légitime de séduire en instruisant. Je ne connais pas de texte aussi provocateur et timoré à la fois, tant il y est démontré que l'affirmation de ce qu'on croit, à l'instant où on l'écrit, doit supporter l'éventualité d'être contrariée par l'auteur dès qu'il ne sera plus certain d'avoir eu raison. Rostand lui-même, après avoir déclaré que « l'homme est un miracle sans intérêt » en 1954, analyse neuf années plus tard cette formule comme appartenant aux « vains jeux de l'esprit, boutades sacrilèges ». Mais il va jusqu'à risquer la contradiction entre des lignes successives du même texte quand il écrit, résolument eugéniste : « Je me refuse, pour ma part, à penser que l'homme soit pour l'homme un avenir suffisant », ou encore : « L'humanité a droit aux meilleurs gènes possibles. Les lui refuser… c'est prolonger à plaisir la souffrance ou le désordre », puis sur la même page : « Mais ce progrès, l'humanité doit-elle le vouloir quand il faut le payer de ce prix ? »

Ou un peu plus loin : « Je préfère, quant à moi, d'avoir vécu à l'époque barbare où les parents devaient se contenter des présents du hasard. » Je connais bien des hommes qui jugent inadmissible cette fantaisie de contredire ce qu'on vient juste d'affirmer, ils sont les dignes frères de ceux qui ont refusé à Rostand le label de la science. Je les envie d'être tellement certains de ce qu'ils croient et je les plains d'être capables de telles certitudes. Je les renvoie à l'humilité de Jean Rostand, selon lequel « là où les intérêts vitaux de l'espèce paraissent se heurter à certaines exigences de la civilisation, le biologiste se fera scrupule d'élever la voix. Peut-être craint-il sa propre audace. Il sait que, par déformation professionnelle, il inclinerait à faire bon marché des susceptibilités de la conscience commune ». Sans aucun doute, celui qui parle ainsi est désemparé devant ce qu'il prévoit et n'a pas la tranquille suffisance des fabricants de pourcentages ; simplement, il demeure un homme parmi les autres, même s'il en sait davantage, parce que « pour mettre l'esprit en détresse, il n'est point besoin de la science : la raison y suffit ».

C'est pourquoi Jean Rostand soutiendra la création, il y a vingt-cinq ans, d'un Institut de la Vie dont les préoccupations anticipaient celles du Comité consultatif national d'éthique : « En bref, l'Institut de la Vie voudrait être un peu comme le siège des fonctions défensives de l'espèce, l'organe central par lequel l'humanité prendrait conscience des dangers qui la menacent et tâcherait d'assurer systématiquement sa protection, le lieu où l'Homme se pense en tant qu'espèce : le grand quartier général de la défense de l'*Homo sapiens...* », ou encore : « L'Institut de la Vie pourrait aussi prétendre à exercer une sorte de contrôle moral sur l'application de certaines découvertes biologiques dont les conséquences apparaissent comme fâcheuses, ou seulement douteuses pour le bien de l'être humain... »

Rostand n'est plus le seul « biologiste anxieux », même si l'espèce en reste rare, mais il fut le premier. Pour penser à l'homme en se consacrant à la biologie, sans jamais exclure l'un de l'autre, il sut se débarrasser à la fois du projet totalitaire d'une science ignorant l'homme et du projet totalitaire d'une métaphysique ignorant le monde. Voilà bien la source de son pessimisme dénudé par les réalités. S'il put parvenir à ne jamais séparer sa vision humaniste du monde d'avec le quotidien de ses recherches, ce n'est peut-être pas tant par son « hérédité littéraire ». Cette « tare » d'être le fils d'un auteur célèbre l'a conduit successivement dans deux chemins atypiques : d'abord, grâce au confort d'une vie non scolarisée, à la campagne, il développait ses relations avec la nature comme avec la culture tandis que l'hostilité ultérieure des scientifiques officiels l'amenait à choisir un mode de recherche artisanal. Ainsi s'est-il progressivement constitué en biologiste à la marge, indemne des conditionnements de l'institution et des pièges de la spécialisation. De cette histoire exceptionnelle découle une certaine manière de faire de la science, avec un retour permanent vers la société des observations glanées depuis la paillasse ou les lectures, et avec une vision globale de l'objet biologique, conformément à une philosophie humaniste qu'on dirait aujourd'hui soucieuse de la complexité et de l'écologie. C'est peut-être pour avoir été moi-même naturaliste et jardinier, avant d'être chercheur biologiste, que j'éprouve, plus que d'autres, une fraternité intellectuelle et affective avec Jean Rostand.

J'ai longtemps pensé avoir connu Rostand trop tard, après qu'il fut devenu une figure publique poursuivie par la cour variée de ceux qui l'avaient découvert avec l'Académie. Je crois aujourd'hui qu'il est mort trop tôt, malgré le rituel par lequel on déclara immortel cet homme sage et si bien informé des lois naturelles. Trop tôt par rapport aux réponses que j'aurais souhaitées de lui à des questions que je ne me posais pas encore. Car ce n'est pas un hasard si j'ai truffé *L'Œuf transparent* (1986) de citations de Jean Rostand. Dans chacun de mes essais, qui proposent de contenir l'ambition scientifique au-dedans de limites compatibles avec la dignité humaine, je cherche le jugement posthume de Rostand. Il serait facile de choisir ici et là des pages qui conforteraient mon discours, elles sont nombreuses ; mais d'autres phrases pourraient aussi être choisies pour me contredire. Les morts sont dociles comme les guéridons : ils parlent dès qu'on les sollicite adroitement, en appuyant plus fort ici ou là. Plutôt que de me fabriquer une caution facile, je préfère dire, simplement, que l'opinion de Jean Rostand m'eût été plus précieuse que celle des comités d'éthique. Je connais un patron hospitalier qui, en cas d'incertitude sur une attitude thérapeutique, s'en va prendre conseil auprès d'un vieux sage imbibé de Talmud. Pour accueillir l'évidence du Bien, tous nous avons besoin d'être mieux convaincus que par les experts, de trouver l'approbation d'un seul, ou de quelques-uns, dont nous partageons des racines plus profondes que le fil court de la logique. Pour ma part, c'est le vieil homme de Ville-d'Avray que, souvent, j'aurais souhaité interroger.

Jean Rostand
biologiste
et moraliste

« Presque tout ce qui facilite
ou embellit la vie des hommes,
ils le doivent à des gens
qui n'ont pas su vivre
pour leur compte. »

Origines

De Jean Rostand, on a d'abord coutume de rappeler qu'il fut le fils d'Edmond, le célèbre auteur de *Cyrano de Bergerac* et *Chantecler.* Cette référence obligée n'aurait pas frustré le biologiste, tant il était humble par nature, et admiratif de son père. Et on ne comprendrait pas Jean Rostand sans le situer dans une lignée où, à sept reprises depuis 1715, les mariages avaient réuni des cousins germains. Par l'union avec sa cousine, Andrée Mante, Jean reconnaissait exaucer le « besoin de retrouver [sa] famille dans [sa] femme » ; certains ont même, rappelle Michel Déon dans son discours de réception à l'Académie française, défini les Rostand comme « une tribu qui a, de génération en génération, pendant près de trois siècles, tenté de forcer le destin, de conserver son particularisme, d'éliminer au maximum les apports étrangers, de sublimer ses qualités morales et intellectuelles en croyant les additionner ». Même le choix de la biologie, ou pour le moins des recherches sur la parthénogenèse, pourrait relever de ce projet de conservation familiale, à en croire un de ses biographes, Denis Buican, puisque Jean Rostand « se sentait surtout le fils de son père et il était émerveillé par l'éventualité que les grands hommes puissent avoir des descendants leur ressemblant comme de véritables *alter ego* ». C'est peut-être la conscience du sens profond de cette vocation qui amenait Jean Rostand à souhaiter que la psychanalyse permette d'éviter chez l'enfant les glissements pathologiques, et qui faisait écrire par ce biologiste : « Malheureusement les idées de Freud me paraissent en France assez mal comprises. Toujours à propos de ce grand homme, j'entends resservir les mêmes objections puériles, les mêmes faciles ironies [...] Non, on n'a pas encore compris, même dans le public cultivé, l'immense portée du progrès qu'il a fait accomplir à la science de l'esprit en rattachant la conduite humaine au jeu des instincts profonds, et en décelant, sous la croûte logique, les laves permanentes de l'affectivité. » Combien de scientifiques oseraient ainsi dénuder ce qu'ils prétendent être leur vérité, déguisée en belle rigueur pour mieux protéger « les laves permanentes de l'affectivité » ?

Éduqué à domicile par un précepteur, Jean Rostand a avoué plus tard sa frustration de ne pas avoir connu une vie scolaire, comme les enfants ordinaires. L'adolescent, sensible et épris de justice, en vint à refuser le cocon dans lequel sa famille voulait le préserver : « Vers la quinzième année, je me laissai détourner du spectacle de la vie animale par celui de la comédie humaine ; j'éprouvai alors un certain malaise, et qui me surprenait moi-même, en constatant l'existence des catégories sociales. » C'est pourquoi, « encore qu'appartenant à la classe des "privilégiés" – et peut-être même pour cette raison, par l'effet d'un sentiment de culpabilité –, j'étais toujours enclin à prendre le parti de l'inférieur et à me ranger à ses côtés. Peu à peu, naissait en moi le désir d'exprimer cette préférence, ce choix que m'imposait ma sensibilité et qui m'opposait assez bizarrement à ma propre classe ». Rostand est alors un admirateur de Jean Jaurès autant que d'Émile Zola. Plus tard il déclarera « Je suis communiste du point de vue social [...] » mais « je ne peux m'emboîter dans aucun parti défini ». Son premier apprentissage de la vie sociale et des rapports humains, il le vivra comme infirmier au laboratoire antityphique, après avoir été réformé pour faible constitution.

En 1912, alors qu'il a dix-huit ans, il s'initie à la recherche scientifique avec Jean Lhermitte sur le thème du déterminisme du sexe chez le lapin. Deux années plus tard, il obtient sa licence de sciences naturelles mais les trois certificats qu'il a bien dû réussir (physiologie générale, minéralogie et chimie biologique) ne l'intéressent pas vraiment. Il souhaite s'orienter vers la biologie générale pour préparer une thèse. Pourtant les sujets de recherche qui lui sont alors proposés n'entraînent pas son enthousiasme : il s'agissait de la « déglutition chez les oies » et de la « dentition chez les rongeurs »... Enfin il étudie la biologie d'une larve de mouche dans le laboratoire de Maurice Caullery. Mais en 1918, quand son père meurt brusquement de la grippe espagnole contractée lors de la manifestation du 11 Novembre, Jean Rostand, très affecté, renonce à poursuivre ces recherches. Il faut souligner que son arrivée au Laboratoire d'évolution de la faculté des sciences ne s'était pas déroulée comme il l'aurait souhaité : « Ainsi façonné, empli d'enthousiasme naïf, enfiévré par des rêves trop précoces, j'allais me sentir un peu dépaysé et déçu quand j'entrai en contact avec la froide réalité universitaire [...]. Il me semblait, en outre, ne rencontrer autour de moi qu'indifférence dédaigneuse, presque ironique, et j'ai su, depuis lors, qu'en effet l'on me considérait un peu comme un étranger, un intrus. [...] Ah ! que j'eusse donc été étonné, Messieurs, de faire ainsi figure de littéraire ! moi qui ne vivais que pour la science, moi qui ne croyais qu'à la science, moi qui, durant mes classes, avais fermé systématiquement l'oreille à tout ce qui n'était pas elle, moi qui n'avais jamais commis un alexandrin, même quand j'étais amoureux. »

C'est certainement parce que ce fils de poète fut répudié malgré lui par l'institution scientifique qu'il eut la chance rare de pouvoir se comporter en biologiste conséquent, sans aliéner son goût de regarder le monde en poète, ou en moraliste, ou comme n'importe quel homme dont la pensée ne se résume pas à une démonstration. Et c'est peut-être pour ne jamais manquer à la science, qu'il honorait au-delà de l'institution, qu'il a excellé dans l'art des maximes pour énoncer comme des théorèmes les vérités les plus humaines. Aussi, malgré toute l'admiration qu'il vouait à son maître, le délicieux naturaliste Jean-Henri Fabre, Rostand remarque que l'« aspect lyrique ou descriptif du style scientifique » de Fabre n'est pas le sien, et il revendique plutôt l'émotion, tout en confessant qu'il est allé « prendre des notions de netteté [...] chez les gens de science ».

Suite à son échec pour joindre le monde officiel de la science, Rostand décide de se confronter seul aux secrets de la nature : « Mes études achevées, n'ayant pas su nouer de vivants liens avec ceux dont j'eusse dû devenir l'élève, je résolus de suivre l'exemple de Fabre, cet exemple dangereux et séduisant qui, dès mon plus jeune âge, exerçait sur moi son appel. Comme lui dans son "harmas", je tenterais ma chance tout seul, loin des facultés et des laboratoires officiels. Combien de fois, par la suite, ai-je été amené à douter si ma décision n'avait pas été imprudente ! Obstacles et gênes de toute sorte, insuffisance des moyens de travail, entraves dont on n'a même pas le droit de se plaindre puisqu'on les a délibérément acceptés, isolement intellectuel – et surtout peut-être ce sentiment, assez pénible, de n'être pas dans la norme, dans la règle, de ne pas travailler comme les autres, avec les autres, auprès des autres. »

Biologiste suspect d'états d'âme à la faculté des sciences, poète coupable de scientificité à la ville, Jean Rostand dérangeait nombre de personnages en place mais séduisait un large public. Je fus de ceux qui, par Rostand, s'éveillèrent à la fois à la biologie, à la réflexion et à l'écriture. Il y fallait bien sûr un goût partagé pour les choses de la nature, et la curiosité qui pousse sans cesse à les comprendre ; il y fallait sans doute cette complicité dans la certitude que l'absence de Dieu supporte et renforce l'émerveillement qui nous saisit à observer le phénomène multiforme de la vie ; il y fallait aussi une conception « politique » de l'homme que Rostand, qui se méfiait du mot même, m'a cependant apportée par son refus véhément du darwinisme social, sa vigilance humaniste, et sa vision mondialiste de la gestion des affaires humaines. Mais je ne puis oublier la puissante séduction de son style, malgré l'invraisemblable modestie qui lui fait écrire : « Ce qui sort directement de moi est de petit format, et je n'obtiens la continuité que par une juxtaposition exigeant un effort disproportionné au résultat. Aussi bien, ce ne sont pas de véritables maximes que j'écris ; simplement, des phrases solitaires, et qui ne gardent cet air un peu hautain et déplaisant de maximes que parce que je suis bien incapable de leur donner des compagnes. » On comprend mieux la qualité de l'œuvre, et l'évident travail d'orfèvre qui fut nécessaire quand l'auteur confie : « Je ne puis achever une page que si je la sens balayée par l'œil du lecteur. » Le souci de l'exactitude n'est pas pour Rostand l'apanage du scientifique mais constitue une qualité fondamentale de l'expression. C'est pourquoi il écrit : « Dans mes livres de science, j'essaie d'obtenir, par l'ordre et la clarté, la meilleure présentation des faits et, dans mes livres littéraires, je crois qu'une certaine précision, voire une certaine sécheresse, rappellent le scientifique. »

En fait, la forme des maximes est celle qui convient le mieux à cet esthète de la vérité et il ne s'en priva pas, au point de se faire juger par André Maurois comme « le seul moraliste actuel à se faire lire sous la forme ancienne des maximes ». Mais ces courtes phrases ciselées, Rostand préfère les nommer « pensées » plutôt que « maximes » car, là encore, il ne prétend qu'à la vérité relative. Ainsi, interrogé sur une de ces phrases : « Sachons gré aux tracas de la vie, ils nous divertissent de son horreur », il répond que « c'est le moraliste et non le biologiste qui l'a écrite [...]. Ensuite elle ne doit à aucun titre être prise comme une conclusion [...]. Contrairement à une opinion commune, j'estime que les "pensées" ne doivent exprimer que des vérités individuelles et momentanées. [...] Au moment où la vie nous dispense une de ces épreuves dont elle n'est pas ménagère, la souffrance déborde le présent, et, pour ne pas être en reste avec elle on est bien forcé de calomnier la vie... ». Ce mot même de « moraliste » fait aujourd'hui largement sourire, comme s'il était indécent ou grotesque de l'attribuer à un citoyen dépourvu de soutane. Voilà le beau résultat acquis en une génération par la réduction de la morale à une éthique de finalité, et de celle-ci à un code de bonne pratique, lequel n'est rien d'autre que la ratification d'un opportunisme tolérable.

LE CITOYEN DU MONDE

Jean Rostand fut aussi un ardent militant pour ériger la citoyenneté mondiale, contre la guerre bien sûr, mais aussi contre les malheurs qui naissent des nobles idéaux, comme la patrie ou l'héroïsme. C'est dans une œuvre de jeunesse, *Pendant qu'on souffre encore* (1921), qu'il expose le mieux sa révolte en inventant le discours martial d'un apologiste de la patrie : « L'idée de Patrie admet à la mort l'ignorant et le pauvre : voilà pourquoi elle nous plaît tant. Si vous trouvez une autre idée plus dangereuse et plus attirante, plus accessible et plus égalitaire, nous changerons, nous l'adopterons tout de suite. Nous ne tenons pas essentiellement à l'idée de Patrie [...]. Nous la trouvons excellente, pragmatiquement pour ainsi dire, parce qu'elle fait mourir tout le monde. Peut-être n'est-elle que provisoire, peut-être inventera-t-on un autre idéal plus vaste et plus homicide à la fois. Alors elle tombera par désuétude, mais, jusqu'ici, je ne vois rien de comparable à elle pour soutirer l'héroïsme. » Et dans une de ses formules lapidaires, il constate que « le sang est le meilleur engrais de l'idéal »... Mais Rostand ne se suffit pas de ce constat empreint « d'une fierté et d'une émotion inexprimables, qu'à mesure que l'homme apprenait à mieux tuer, il apprenait aussi à mieux mourir ; que l'âme avait suivi l'outillage ; que le cœur était toujours digne de l'art ;

que le progrès technique et le progrès moral se maintenaient parallèles ». Son cynisme se veut pédagogique et il n'admet pas la coïncidence calculée qui veut que quand les puissants « ordonnèrent le massacre, le cœur des martyrs était au point dans chaque pays ». Contre la boucherie inutile, mais qui reviendra, il en appelle à la responsabilité de ceux qui ont vécu la guerre, afin qu'ils témoignent, car « ils sont responsables devant l'humanité ceux qui, ayant la dure gloire de souffrir, détiennent le privilège de savoir. Qu'ils disent, qu'ils crient leur mal ! ». Cette exigence de dire, par ceux qui ont « le privilège de savoir », constitue, en tout domaine, le premier acte d'éthique puisque c'est celui qui révèle.

Comment contredire les massacres à venir, auxquels il sait bien que la bête humaine est aisément disponible, car le miracle est que chacun fasse « avec une telle ardeur, une telle âpreté, comme s'il vidait sa propre querelle, une guerre qu'il n'a ni cherchée ni voulue » ? Rostand n'aperçoit qu'une solution : faire de chaque homme un citoyen du monde. Car, écrit le biologiste, « quand on a pris conscience du peu qu'est, sur la terre, l'animal humain, du peu qu'est la terre dans le système solaire, du peu qu'est ce système dans l'ensemble des galaxies, il est difficile de prendre au sérieux les fatuités nationales, les destins historiques, les "francités" et autres "balivernes" ». Le développement de l'armement atomique constituait une nouvelle raison de rechercher l'unification des humains puisque « les isotopes capitalistes et les isotopes marxistes voisinent à l'amiable dans le squelette de nos enfants ». J'entends encore ce discours à des rescapés d'Hiroshima, en visite à Paris le 16 juin 1964, où il affirme : « En face de ce péril dont il est honorable autant que raisonnable d'avoir peur, il ne devrait plus y avoir ni pays, ni continent, ni monde libre ou pas libre, mais rien que des hommes, citoyens de la planète, tous mêlés, confondus, fraternisés par une égale menace. » Ce n'est pas par leur commune relation à Dieu que Rostand, incrédule sur les volontés de l'au-delà, justifie la fraternité des hommes. C'est par la perception plus triviale mais incontournable de leur sort commun, annonçant ce « principe responsabilité » explicité plus tard par Hans Jonas.

Dans son militantisme, Rostand se méfie de la récupération politique de son discours, et jusque dans les rangs de ses propres amis. Ainsi affirme-t-il : « Je tiens beaucoup trop passionnément à la paix pour être toujours du côté des pacifistes. » Son exigence intellectuelle en a dérouté beaucoup, ainsi que son espièglerie, comme, plus tard, ses collègues de l'Académie, à leur tour taquinés par cette évocation : « Le chimpanzé est surtout affectueux et intelligent dans sa jeunesse. Passé l'âge de la puberté, il devient inactif et sérieux ; il ne sait plus jouer. À vingt ans, il est rassis autant qu'un académicien… »

Aujourd'hui les armements, atomique, chimique et bactériologique, sont toujours menaçants, malgré la chute d'un des deux camps politiques, et une réalité nouvelle transforme en guerre larvée la vie de tous les humains, même dans leurs activités les plus pacifiques : la compétition économique, acceptée comme but suprême de l'industrie et de la science, projet absurde qui évite de définir le sens de nos actes et réduit l'humanité à une quelconque quoique surpuissante espèce animale. Comment s'opposer aux misères, humiliations et dangers qu'entretient cette guerre économique où on ne reconnaît ni le champ de bataille, ni les ennemis, ni les canons ? Avec Rostand, vivement hostile à tous les nationalismes, et qui refusait pour l'homme le destin « naturel », de la lutte pour la vie, on ne peut sous-estimer la fonction civilisatrice qu'aurait un gouvernement mondial. Il y a cependant de l'ermite chez ce citoyen du monde qui préfère chercher à comprendre la planète depuis le lieu qu'il peut explorer en détail, plutôt que d'en apercevoir de multiples aspects, variés mais superficiels : « Une ou deux conférences en Belgique. Ce sont mes plus grandes distances. Je n'ai aucunement le goût de l'ailleurs, le goût de l'évasion. » Depuis sa niche écologique de Ville-d'Avray, il attend le visiteur car, dit-il, « je suis moins timide avec les gens qui viennent me voir – comme le chien qui est plus hardi chez lui qu'au-dehors ». Rostand ne refuse pas le contact, bien au contraire, mais il craint l'artifice des relations obligées qu'un homme célèbre doit à tout imbécile de rencontre, ce qui l'amène à s'interroger : « Suis-je donc encore plus vaniteux qu'un autre, moi qui ne souhaiterais qu'une renommée exempte de tous ses avantages ! »

Cet homme très généreux est incapable de se référer à un collègue, biologiste ou écrivain, sans évoquer « le grand savant » ou « l'admirable livre ». Authentiquement modeste, l'affrontement intellectuel lui déplaît, sauf quand il est révolté. Ainsi par l'arsenal nucléaire, la peine de mort, ou les fausses sciences. Mais il examine toujours soigneusement l'argumentation qu'on lui oppose. Car, écrit-il, « mon respect de l'opinion d'autrui m'est une excuse à respecter la mienne », élégante façon de faire valoir fermement son point de vue ; mais, ajoute-t-il, bretteur intellectuel, « j'aime mieux me donner tort qu'à autrui, l'intérêt en est plus vif ». Une des qualités les plus admirables de ce scientifique est son aptitude à douter de la justesse de sa propre pensée ; et une des sources de son pessimisme est de suspecter la justice qui en sera faite. Au point que, à propos de ses contradicteurs, il puisse écrire : « Il n'est pas impossible que ce soient eux qui aient raison, si tant est que c'est d'avoir raison que de penser comme pensera l'avenir… » Puisque Rostand se cloître en son lieu de travail, de réflexion et de passion, certains viennent à lui pour des questions banales mais qui le laissent démuni : « Lorsqu'on me demande si je travaille beaucoup, j'hésite à répondre : est-ce travail que chercher des vers de terre pour nourrir mes crapauds ? que vider mes aquariums, nettoyer mes cages ? que, la nuit, rêver sur un problème, ou hésiter sur le choix d'un mot ? » Pourtant, de 1919 à 1972, le biologiste publiera 118 notes et mémoires tandis que l'écrivain fera connaître 12 œuvres romanesques et 70 livres de vulgarisation scientifique ou de réflexion… Toujours modeste mais lucide, l'auteur écrit : « Bien sûr, je n'ai pas fait, en science, tout ce que j'eusse voulu, ni même tout ce que je me figure que j'eusse pu faire […]. Mais c'est déjà chose rare et belle que de n'avoir pas fait, de sa vie, un déplorable contresens. »

Instruit par l'histoire des sciences sur la relativité de chaque vérité, estimant qu'il n'est aucune raison pour croire que l'homme pourrait un jour comprendre le monde, Rostand ne pouvait que se méfier de tous les sectarismes. « Trouver un même acte splendide ou ignoble selon l'opinion qui l'a dicté, ici flétrir le mensonge que, là, on glorifie, excuser ou accuser selon le costume, la couleur ou la mine, préconiser la force quand on l'a pour complice et la vitupérer si on l'a contre soi : voilà ce que je ne sais pas faire, et que je ne suis pas pressé d'apprendre. » Certes Rostand a souvent la dent dure pour ses semblables, quand il juge l'homme ou qu'il évalue « la seule fierté où l'homme puisse prétendre : être ce qu'il y a de plus compliqué comme assemblage de molécules ». L'angoisse qui le tenaille, il la réduit sous les mots quand il évoque « le respect du merveilleux et irremplaçable protoplasme humain qui est la plus haute expression des talents de la nature ».

L'ARTISAN BIOLOGISTE

Rostand était surtout passionné par les problèmes de la génération et toute son œuvre est parcourue d'une quête, curieuse et inquiète, pour mettre à la disposition de notre espèce des voies de procréation déjà expérimentées chez l'animal, perspective qui l'enthousiasme et le désespère à la fois. Si Rostand est mieux connu comme moraliste ou vulgarisateur, son œuvre scientifique est loin d'être négligeable. Malgré son statut d'artisan chercheur, on lui doit en particulier l'invention de la première technique de congélation du sperme, la dissociation de facteurs génétiques et infectieux dans certaines anomalies des membres, ou l'approfondissement du rôle du spermatozoïde dans la fécondation. Ces travaux, réalisés chez la grenouille ou le crapaud, portent la marque de l'inventivité et de la rigueur expérimentale de ce biologiste touche-à-tout, et ont ouvert des voies de recherche dans les laboratoires officiels. En particulier les observations de Jean Rostand sur le « catalyseur-noyau » sont d'une grande actualité bien que résultant d'expériences qu'il mena entre 1924 et 1948.

En même temps qu'il se confrontait à la vérité pérenne du vivant, Rostand se passionnait pour le cheminement des vérités temporelles que véhicule l'histoire des sciences. De cette histoire, il déduit « l'extrême diversité des qualités et des facultés qui ont contribué à faire avancer notre savoir » et conclut à la nécessité d'ouvrir la recherche aux esprits « non coulés dans un certain moule intellectuel ». On peut ici percevoir son amertume, suite à « l'ironie provoquée par la présence d'un fils de poète à la faculté des sciences » mais, plus largement, Rostand avait bien deviné que le nouveau ne peut pas jaillir du même. Aussi reconnaissait-il qu'il est « rare de trouver dans un ouvrage ancien le départ d'une inspiration profitable » et, même, que « la connaissance du passé » peut constituer « une entrave à la liberté du jugement ». Cependant, il regrettait que beaucoup de chercheurs ne voient dans l'histoire des sciences « qu'un hors-d'œuvre, une sorte de luxe intellectuel » car, écrivait-t-il, « la principale valeur de l'histoire des sciences tient à la puissance émotive qui s'en dégage », laquelle peut susciter des vocations mieux que les « manuels arides ». Ainsi l'histoire de la discipline, au-delà des faits rapportés, participe à la « formation du Surmoi et de la sensibilité du chercheur » en rappelant la « grandeur, voire la poésie, de cette lutte avec l'inconnu ».

À lire *Science et Génération* (1940) ou *Peut-on modifier l'homme ?* (1956), je m'initiais moi aussi, et grâce à Rostand, à l'histoire des grands découvreurs, à leurs théories toujours contredites, et à l'état des interrogations contemporaines. Mais, surtout, j'étais gagné par la biologie du savoir lui-même, cette chose vivante et multiforme, immortelle mais jamais adulte, que le temps déconstruit alors même qu'il l'agrandit. Sans aucun doute les ouvrages de Jean Rostand m'ont orienté vers des recherches sur la procréation des mammifères et de l'homme. Mais je lui dois surtout de m'avoir donné le goût de réfléchir sur le sens des mouvements biologiques, naturels ou médicaux, plutôt que seulement sur leurs mécanismes. Jamais Jean Rostand ne livre un procédé mis en jeu par le vivant sans en proposer une signification et des conséquences. Son admiration pour l'inventivité humaine ouvre une place lyrique aux développements techniques, mais c'est aussitôt pour rappeler à la permanence nécessaire d'une philosophie humaniste. Ainsi, armé des *Pensées d'un biologiste* depuis mon adolescence, j'ai pu, comme à mon insu, en ressentir les leçons tout au long de mes confrontations avec l'innovation biomédicale. La responsabilité du chercheur n'est pas tellement de trouver; elle est aussi de rester en alerte quant aux conséquences de la trouvaille, laquelle est désormais plus souvent un procédé qu'une découverte, c'est-à-dire un pouvoir d'agir plutôt que de comprendre. « Chaque jour [...] un nouveau miracle nous est offert », écrivait déjà Jean Rostand, qui avouait n'aimer « que la monotonie de la vie de chaque jour ».

Dans ses nombreux ouvrages de vulgarisation, Rostand fait le point sur ce qui est connu et prévoit des interventions nouvelles de la biologie. Ainsi il constate que la congélation des cadavres est un « billet pour l'immortalité » et peut donc être tentée par ceux qui ont « foi en la science », puisqu'un cadavre n'a rien à perdre... Évoquant les greffes d'organes de l'homme à l'animal il admet qu'« il n'est pas interdit qu'on parvienne, dans une certaine mesure, à "humaniser" des anthropoïdes en greffant à de très jeunes sujets des glandes endocrines de provenance humaine, ou en leur injectant des hormones humaines, des acides nucléiques humains ». Mais, curieusement, il n'envisage pas que des organes animaux puissent être greffés chez l'homme dans un but thérapeutique, perspective qui motive des recherches actuelles.

Dans le domaine de la procréation, qui lui est beaucoup plus familier, il examine les possibilités de modifier les processus naturels. Ainsi dans *Science et Génération,* ouvrage publié en 1940, il évoque nombre d'hypothèses dont certaines font notre actualité. Il rappelle ses propres travaux pour faire ovuler la grenouille en hiver grâce à l'injection d'extraits hypophysaires. Par manipulation hormonale du fonctionnement des ovaires, on peut aujourd'hui féconder des brebis hors saison, ou augmenter le nombre d'ovules produits par l'ovaire, et donc celui des embryons, dans toutes les espèces dont la nôtre. À propos des essais pour modifier le sexe des nouveau-nés, grâce à des régimes alimentaires déterminés, Rostand estime que les résultats rapportés ne montrent « rien de bien net ». Peut-être serait-il surpris par l'obstination de certains médecins qui proposent ces mêmes régimes un demi-siècle plus tard, sans que des résultats plus probants soient venus conforter les vieilles hypothèses. De même pour le tri des spermatozoïdes X ou Y avant insémination, afin de procréer fille ou garçon, Rostand ne croyait pas à l'efficacité de la séparation mécanique car « il est douteux que les deux sortes d'éléments diffèrent par la masse ou par la taille », position qui reste encore la plus solide dans un débat qui n'en finit pas. Mais il admettait en revanche qu'« il est infiniment probable que, dans un avenir prochain, on trouvera le moyen de séparer artificiellement les deux types d'éléments spermatiques qui produisent respectivement les mâles et les femelles ». C'est effectivement ce qu'on sait faire aujourd'hui, en séparant les gamètes après identification des chromosomes sexuels.

Rostand expose aussi les principes à venir de la fécondation *in vitro,* de la culture de l'embryon, et de son transfert dans l'utérus. La perspective de grossesse hors du corps, ou ectogenèse, le laisse sceptique : « Je ne suis même pas sûr – si optimiste que je sois d'ordinaire quant aux progrès de la science – qu'on arrive jamais à obtenir au-dehors de l'utérus le développement d'un être humain, depuis l'œuf jusqu'au terme… » Pourtant, il imagine que « lorsque le développement de l'embryon se fera en milieu externe, nous pourrons agir sur lui beaucoup plus efficacement que nous le pouvons aujourd'hui. Serait-ce un bien ou un mal ? Je ne sais pas. La perspective est si vague et lointaine que mieux vaut n'en pas discuter ». Mais il admet aussi qu'on pourrait changer le sexe des embryons par injection d'hormones (qu'il nomme joliment « poudre de masculinité ou de féminité »), ou augmenter leur précocité, y compris psychique, par administration d'extraits de thymus.

Le moraliste

L'autre versant de Jean Rostand, son œuvre de moraliste, découle du reflet qu'il voit de la nature dans l'homme. Mieux informé de l'ordre naturel que la plupart des hommes, le biologiste est souvent enclin à chercher l'homme en la bête autant qu'à dépister la bête en l'homme. Aussi montre-t-il souvent des réticences pour reconnaître une absolue originalité de notre espèce au sein du monde animé. Rostand le dit crûment, par exemple, en évoquant la crainte que des interventions biologiques viennent altérer l'homme : « Et le public de s'en émouvoir, comme si le problème de la liberté se trouvait ainsi posé de façon nouvelle. En étions-nous vraiment à croire que l'esprit fût indépendant des conditions organiques ? » À propos de l'éventualité de la grossesse en bocal, il écrit : « J'en viens à me demander si cette désanimalisation de l'homme qu'envisage la science ne serait pas aussi une déshumanisation », rappelant ainsi que l'homme et la bête ont partie liée et que cette partie est de la nature : à trop vouloir chasser celle-ci de l'homme, on le fait certes moins animal, mais c'est aussi par cela qu'il peut échapper à l'humanité. « Les hommes dénaturés... Quel beau livre à écrire, pour un Vercors de l'avenir ! » En traitant des greffes d'organes, il critique le juriste Aurel David, lequel prétendait que le corps est étranger à la personne, ou encore qu'il est « une machine qu'on est libre de construire selon les besoins et les exigences de la personne centrale ». Pour le biologiste, il ne peut y avoir un tel « divorce entre la personne et le corps », opinion contredite par nombre de médecins d'aujourd'hui qui souhaiteraient la distribution d'organes à la demande, comme en boucherie. Le biologiste se refuse à une séparation fondamentale entre l'animal et l'humain quant aux caractéristiques organiques car « c'est encore l'animal qui, dans l'homme, refuse de n'être qu'un animal » ; en revanche, il exalte les propriétés artificielles que les hommes s'imposent pour vivre en société et pour épanouir leurs facultés créatrices. Sans conteste, l'homme est un phénomène étrange parmi les êtres vivants mais le privilège exclusif de discourir sur lui-même et sur le monde, au nom de la raison, l'entraîne parfois à des jugements déraisonnables. Ainsi cette vieille utopie du libre arbitre, produit de la pensée mystique et avalisée comme une évidence par les plus durs de nos rationalistes. Ce fut un des combats de mon adolescence que de démontrer l'inanité d'une telle notion, aidé par la lecture de Rostand puisqu'il s'agit d'une des questions sur lesquelles il intervient avec le plus de véhémence. Il est convenu partout et depuis toujours que c'est l'aptitude au choix qui fait l'homme différent de la bête, mais comment nier que « pour sauver la notion de responsabilité individuelle, il faudrait aller, je crois, jusqu'à admettre qu'on soit responsable de ses chromosomes » ? Car, même s'il y avait un espace échappant à la causalité, dedans le corps de l'homme ou audessus, comment rendre l'homme responsable des décisions prises, hors lui, dans cet espace ? « Si l'animal n'est qu'une machine, il faut bien que l'homme en soit une. » Et cette évidence atteint les sociétés humaines. « Pour le biologiste, il n'y a guère de différence entre l'homme qu'on déclare irresponsable et celui qui paraît jouir de sa responsabilité entière. Cette croyance à l'irresponsabilité essentielle des humains n'implique d'ailleurs nullement qu'il faille s'abstenir de châtier les criminels, s'il est prouvé que le châtiment soit le seul moyen de détourner du crime des individus qui, dans un milieu plus indulgent, eussent cédé à leurs mauvaises tentations. Le degré de sévérité sociale fait partie des conditions déterminantes de la conduite. » Rostand admet que « la société a sans doute le droit de se protéger contre les protoplasmes antisociaux, mais, ajoute-t-il, il faut bien qu'elle sache que, lorsqu'elle croit châtier un homme, elle ne punit jamais qu'un œuf ou des circonstances ». Puisque la personne ne se compose que de ce qui lui fut donné, identité charnelle et leçons de vie, Rostand est fondé à écrire : « La sélection des germes et le dressage des somas, voilà l'objet de la morale. » La complexité qui préside à la construction de chaque personne et la constitue inintelligible ne peut en effet servir à justifier l'irruption du libre arbitre, de même que l'énigme persistante de la création du monde ne saurait démontrer l'existence de Dieu. Malgré notre incompétence à comprendre et expliquer, on devine que des logiques implacables s'emparent de chacun, et qu'elles ne doivent qu'à la débilité de nos analyses de ne pas s'imposer comme inévitables. « Le cas doit être rare des humains qui, en toute circonstance, deviendraient criminels, de même que doit l'être celui des humains qui, en aucune circonstance, ne le pourraient devenir. » Peut-être Rostand accorde-t-il trop d'importance à l'héritage génétique, comme quand il écrit à propos des vrais jumeaux : « Pour peu qu'ils aient vécu dans des conditions semblables [...] si l'un d'eux se construit comme lâche par ses actes, il est tout bonnement impossible que l'autre, par les siens, se construise comme héros. » Même si les parts respectives de l'inné et de l'acquis dans la conduite des personnes restent non évaluées, la liberté de la conduite ne résiste pas mieux au conditionnement qui vient par l'acquis qu'à celui qui s'inscrit dans l'inné. En ce sens, on ne devrait reconnaître la liberté que là où règne l'absence d'entrave à la réalisation de nos tropismes ; d'autant que chaque conduite est l'objet d'un jugement convenu socialement, selon des règles qu'on ne peut pas toujours prétendre logiques. Ainsi : « On tue un homme, on est un assassin. On tue des milliers d'hommes, on est un conquérant. On les tue tous, on est un dieu », constate Rostand.

Finalement, la négation absolue de l'utopie-liberté arriverait avec la possibilité d'induire, grâce à des artifices convenus, le comportement qu'on espère de chacun. « Le dévouement, la vertu, la sainteté chimiques, sont d'ores et déjà inscrits au programme de la science [...]. Que deviendront alors nos vieilles idées de mérite et de démérite ? et la notion de responsabilité individuelle ? Je n'oserais dire qu'elles sont vouées à disparaître, mais sûrement elles vont évoluer et se transformer. De la synthèse d'une "substance de bonté" va peut-être dépendre demain le niveau moral de la collectivité ! Est-ce qu'alors les décisions des techniciens quant à la fabrication et à l'emploi de ces drogues moralisantes ne seront pas beaucoup plus importantes que les efforts et les aspirations de chacun ? On aime mieux ne pas trop penser à cette époque, si peu accordée à notre sensibilité présente. » Même si Rostand se laisse ici emporter par la toute-puissance qu'il prête souvent à la science, la situation qu'il prévoit dévoile le caractère artificiel du libre arbitre. Car, qu'est-ce qu'une faculté dont on reconnaît qu'elle pourrait se trouver ainsi limitée, contrôlée, réduite par la chimie, mais qui mériterait encore d'être nommée *liberté* quand elle est maîtrisée par le gène, par la culture, ou par la loi ?

Alors, si l'homme ne dispose pas plus que l'animal de la liberté de choisir, en quoi est-il différent des bêtes, au-delà de son intelligence indiscutablement supérieure ? Après avoir souligné que « la biologie dénie à l'homme tout attribut essentiel qui n'appartienne aussi au reste des vivants », Rostand défend l'idée que la vertu est une qualité spécifique de l'humain car elle n'est pas « une création arbitraire de la société, un artefact de la civilisation, mais un attribut essentiel de l'espèce, une vérité de sang et de protoplasme ». Se fondant sur l'anatomie du cerveau, il ose même proclamer : « N'y a-t-il pas là une claire indication, un signe ? Par là, n'est-on pas invité à penser que l'homme peut, jusqu'à un certain point, lire son devoir en sa forme corporelle, et qu'il est, par construction, si l'on ose dire, appelé au bien ? » Cette « morale biologique » se fonde sur le constat que le cerveau humain comporte une formation préfrontale que ne possèdent pas les animaux et dont « dépendent la maîtrise de soi, la faculté de résister aux impulsions bestiales, le don de sympathie et de générosité, en un mot, tout ce qui constitue la fonction morale ». Une telle anatomie de la vertu peut faire sourire, mais Rostand s'explique : « Être vertueux, selon le biologiste, c'est utiliser correctement toutes les ressources de son cerveau, [...] c'est exiger le plein emploi de son être, faire honneur à sa totalité organique ; c'est se conduire en bête plus riche et plus complète ; [...] c'est avoir préféré de vivre à hauteur d'homme. » Aussi déjoue-t-il avant l'heure les pièges de la sociobiologie, laquelle, en nous faisant admirer l'efficacité des fourmis, ou de leurs gènes, nous incite à imiter ces bestioles. « L'homme n'a pas à chercher son modèle dans le règne animal », proclame Rostand. Comme pour désamorcer la tentation d'un libéralisme qui n'est que darwinisme social, il lance : « L'égoïsme est infantilisme, arrêt de croissance, immaturité ; quelque chose comme la persistance des dents de lait ou la mollesse des fontanelles... » Et il propose : « Mater en soi la brute, dépasser l'enfance, échapper à la névrose : tels seraient, en raccourci, les trois impératifs cardinaux de la morale biologique. »

Cependant, remarque Rostand, d'autres biologistes « objectent que la science sort de son rôle en voulant se faire normative », qu'il ne faut pas « donner l'autorité du savoir objectif aux injonctions du sentiment. Ils prétendent qu'à notre insu, nous cédons au préjugé intime, et que, tout imprégnés de moralité traditionnelle, [...] intoxiqués de "moraline" [...] lorsque nous croyons entendre le langage impersonnel de la biologie, ce n'est que notre propre voix qui nous revient ». Rostand ne refuse pas cette critique, issue de l'humilité apparente de la science quand elle se prétend hors la morale, comme d'autres se posent hors la loi. Il la reçoit avec son humilité authentique, en accordant qu'il peut y avoir du vrai dans ces objections, mais « en revanche, je me tiens à peu près certain qu'elles ne sont pas entièrement fondées ». Cette hésitation à prétendre avoir raison est une vertu constante de Rostand et, au fil de ses écrits, il la justifie soit par l'expérience (« mon évolution intellectuelle m'a toujours conduit vers plus de circonspection et de doute »), soit par la fonction nécessaire du contradicteur (« ma tendance naturelle est de m'opposer au courant : comme certains insectes d'eau, j'ai le rhéotropisme négatif »), soit encore par le doute fondamental (« je ne suis quand même pas assez insensé pour être tout à fait assuré de mes certitudes »). Mais quand Rostand spécifie ainsi ce qui fait l'homme plus grand que la bête, et paraît proposer que la science accroisse encore cette différence, on peut se demander s'il croit réellement à une telle éventualité. Surtout quand il lui prête une tournure très concrète, en annonçant : « Demain, peut-être, on achètera le génie ou la sainteté chez le pharmacien. » Même si l'intervention de la science sur la vertu devait arriver par une « maîtrise chimique des faits de conduite » plutôt que par une modification du cerveau, il s'en inquiète car « après les "tranquillisants", s'annoncent les "moralisants". On nous promet pour bientôt des drogues qui modéreront l'envie, calmeront l'ambition, éteindront la soif des honneurs [...]. À quand les pastilles de dévouement, les comprimés de mansuétude, les pilules d'abnégation ? [...] Cette perspective [...] d'une alchimie spirituelle [...] nous laisse une impression de malaise et de désarroi ». Ainsi, il y a trente ans, se défiait-il des promesses avancées depuis par tel neurobiologiste, qui prévoit de substituer la chimie à la psychanalyse, ou par tel biologiste, moléculaire et cabotin, qui voudrait rendre l'homme meilleur à coups de « pichenettes génétiques ».

Après une dissection aussi impitoyable de la nature humaine, le lecteur est souvent désabusé : l'homme n'est pas vraiment libre et s'il démontre sa vertu c'est encore pour des raisons anatomiques... Bien sûr, Rostand n'a nul besoin de Dieu pour justifier le sens du monde puisque le monde va comme il peut et que, même quand l'homme influe sur sa trajectoire, c'est encore par l'imposition du destin. Mais la source du pessimisme noir de Rostand est aussi celle de ses émerveillements, comme quand il écrit que « le divin, c'est peut-être ce qui, en l'homme, résisterait au manque de dieu ». Rostand se fait ainsi le champion d'une sorte d'athéisme héroïque. S'il ne craint pas de montrer les plaies infligées par le non-sens de notre condition, il se complaît à résister aux explications commodes, fussent-elles les siennes : « Il ne faut pas, parce qu'on est incroyant, méconnaître ce qu'il y a d'incroyable dans l'incroyance. Car la formation de l'homme par le hasard est aussi miraculeuse que la création par Dieu... » C'est donc à un parti pris qu'il nous invite, celui de ne croire que ce qui est logique et raisonnable, même si la chose est aussi difficilement crédible que les explications magiques. Il le dit aussi de façon plus douloureuse quand il remarque que « ce n'est pas pour diminuer notre angoisse que de comprendre qu'elle ne se puisse même pas énoncer en des termes avouables par l'intelligence ». Et, parfois, Rostand revendique la passion de l'athée : « Ceux qui croient en un dieu, y pensent-ils aussi passionnément que nous, qui n'y croyons pas, à son absence ? » Ou encore, provocateur : « Il m'arrive de songer à ce que pourrait être la prière d'un athée. » Nous voici donc coincés entre l'évidence du rien et l'aspiration au tout, mais « rien, c'est trop peu ; Dieu ce serait trop ». Alors surgit « l'angoisse métaphysique : ou l'apaiser avec un dieu ou la noyer dans le plaisir, ou la guérir par des pilules… ». Jean Rostand désigne ainsi les trucs divers, inventés par les uns ou les autres, pour échapper à l'absurdité de la condition humaine. Pour sa part, il se contente d'être « un biologiste anxieux » car « le front de l'homme est fait pour se cogner à des murs derrière lesquels il ne se passe rien ».

VERS L'*HOMO BIOLOGICUS*

Le biologiste ne peut se renier en faisant mine d'ignorer à la fois la véritable nature du front de l'homme, la réalité du mur où il se cogne, et l'infini du néant là derrière. Il reste alors à l'homme la perspective de jouer à Dieu pour, en réifiant le divin, le rendre incontestable. Mais, même s'il devait arriver que la science explique tout, « nous n'en serons pas plus éclairés. Elle fera de nous des dieux ahuris ». Rostand précise ailleurs que « Demain, l'Homo biologicus – sujet et objet tout ensemble – ne pourra se soustraire à l'attente de ses propres pouvoirs. Que fera-t-il de soi ? À l'image de quoi voudra-t-il se recréer ? Où apprend-on le métier de Dieu ? » Et, comme à son habitude, Rostand renverse cette image déjà convenue de l'homme devenant Dieu car il lui « paraît peu honnête d'appeler Dieu n'importe quoi. La seule propriété spécifique de Dieu la priabilité ». C'est pourquoi la seule hypothèse de Dieu qui retienne son attention, et sur laquelle il s'avouait ignorant, ne pouvait pas échapper à son rationalisme : « Si Dieu est une espèce d'effort initial, si Dieu est le sens de l'évolution, la cause première, alors je n'ai pas le droit, moi, pauvre petit homme de 1974, de dire : cela n'existe pas ! Je n'en sais rien. »

Finalement, « puisqu'on n'a rien à nous dire qui vaille, qu'on nous laisse goûter en paix l'âcreté loyale du désespoir ». Dans un éloge à Rostand, Cioran salue l'écorché qui « se tourmente moins de sa vie que de la vie comme telle », et lance : « Je me sens solidaire de son insatisfaction et de ses refus. Je l'aime parce qu'il n'a pas trouvé, parce qu'il ne pouvait ni ne voulait trouver, je l'aime parce qu'en ce siècle d'espérances et de terreurs grossières, il illustre pour le plaisir des délicats un goût qui se perd, le goût de la déception. » Ainsi est la nature de Jean Rostand, nature humaine à vif, en recherche de la nature jusque sous les déguisements de l'artifice, jusque dans les recoins les plus modestes de la vie car « les plus vastes sujets de la vie se posent du dernier des vivants et, non seulement de la grenouille, mais encore sur les infusoires qu'elle héberge dans son rectum, des générations d'humains pourraient se pencher sans en épuiser le mystère ».

Pourtant Rostand ne néglige pas le respect particulier qui est dû par l'homme à sa propre espèce : « Jusqu'ici, en toutes les affaires humaines, c'est la hardiesse qui a eu le dernier mot. Mais toucher à la nature biologique de l'Homme est autrement grave, autrement sérieux que substituer la peinture informelle à la figurative, ou le nouveau roman au roman de nos pères. » Il précise que « le respect de l'homme devrait être encore plus grand chez ceux qui ne croient qu'en l'homme », démontant ainsi la critique facile de certains qui assimilent prudence avec conservatisme. Rostand ne souhaitait pas l'immobilisme de la condition humaine, comme il arriverait par fidélité à une certaine nature idéalisée, mais il constatait que « de quelque façon qu'il s'envisage, qu'il le veuille ou non, qu'il le croie ou non, l'homme ne peut qu'il soit pour lui chose sainte ».

C'est donc le droit, et peut-être le désir, de l'homme, que de se protéger de lui-même. Il n'y a aucune contradiction entre ce souci ou même cette mission d'autoprotection, et le refus d'assigner une origine divine, voire un rôle messianique, à notre espèce. C'est seulement que le cerveau de l'homme lui octroie à la fois le pouvoir et la misère. Pouvoir : « En procréant l'homme, cet enfant de vieux, la nature a donné la dernière marque de sa fécondité. Que ne fût-elle stérile un peu plus tôt ! Ses désordres demeuraient bénis et innocentes ses tueries, tant que n'avait point apparu la bête qui connaît qu'elle doit mourir. » Misère : « La fourmi ne se doute pas qu'elle n'est que la fourmi ; mais l'homme sait qu'il n'est que l'homme. » Alors le biologiste, qui est aussi homme de progrès, s'interroge sur l'intérêt qu'il y aurait à modifier la nature de l'homme, et prévient qu'il « n'approuve pas forcément l'emploi de tous les procédés que la science met à notre service ». En fait, parmi ces procédés, il ne s'intéresse qu'à ceux qui seraient capables, en agissant sur le cerveau, d'élever l'esprit humain, et il abandonne les corrections fonctionnelles ou esthétiques à l'art vétérinaire. Ce faisant, Rostand accepte de pousser jusqu'à l'extrême ce qui fait à la fois le pouvoir et la misère de l'homme, et avoue « comment ne pas être tout ensemble séduits par la perspective d'engendrer une créature qui nous dépasse, et révoltés dans notre instinct de conservation spécifique à l'idée de ce successeur devant qui nous n'aurions qu'à nous incliner ? » Il se met alors en situation : « Si j'avais été un homme de Néanderthal, je crois que je me fusse incliné devant *l'Homo sapiens,* et que j'eusse accepté d'être supplanté par lui. Je ferais cependant une réserve. Il se pourrait qu'un être supérieur à l'homme dans le domaine de la pure intelligence lui fût inférieur dans le domaine de la sensibilité et de la morale… Ce serait terrible… » C'est pourquoi Rostand s'interroge : « Vers quel surhomme conviendra-t-il qu'on s'efforce ? » Et il conclut : « Il n'y a qu'une façon pour l'être humain de se hausser, de s'agrandir […] : c'est par la générosité, le dévouement, le don de soi… » Et, afin de se démarquer du surhomme de Zarathoustra et de « son parfum d'aristocratisme inhumain », il propose : « Naturellement, la sélection humaine devrait porter non pas sur les facultés logiques de l'esprit, qui ont beaucoup perdu de leur valeur depuis que nous les savons suppléables par la mécanique, mais sur les facultés proprement humaines de création et d'invention. »

Sur la nature

« À supposer que la nature
nous donnât des conseils,
nous n'aurions aucun motif
de les écouter. »

La nature nous convient

La plupart des humains s'accordent pour dire la nature « belle » ou « harmonieuse » mais bien peu s'avouent fascinés par cette coïncidence même : pourquoi donc la nature, alors qu'elle n'est que construction du hasard, nous convient-elle si bien ? Pourquoi ces paysages, collines jusqu'aux rivières, mers et forêts, déserts ou prairies, nous séduisent chacun à sa façon comme si, malgré leur variété infinie, ils composaient ensemble le seul monde qui méritât qu'on l'habite sans en désirer aucun autre ? « Beauté à la fois si étrangère et si fraternelle – parente de l'œil qui la reçoit et de l'esprit qui s'en émerveille », disait Jean Rostand. Incapables d'imaginer un décor préférable à l'un ou l'autre de ceux qui déjà existent, nous sommes seulement frustrés, parfois, que le sort nous eût placés ici plutôt que là. Comment ne pas s'étonner de notre carence à inventer, ou seulement à désirer l'invention d'un monde où les éléments physiques et animés fussent sans rapport avec ceux que nous connaissons ? Comment trancher entre des réponses possibles à cette question fondamentale de notre adéquation à la nature telle qu'elle est ? « Sommes-nous en droit de vanter la beauté des choses naturelles ? demande ainsi Rostand. Tout ce que nous pouvons, c'est constater que la nature, quand s'y ajoute l'œil humain, forme quelque chose de bien émouvant pour l'homme », et il remarque que « la même couleur, le même éclat, la même forme le laisseraient indifférent s'il s'agissait d'un objet inerte, aperçu à la vitrine d'un bijoutier. C'est que la beauté, ici, n'est pas œuvre de l'homme et voulue pour lui : elle s'est faite toute seule, on ne sait comment ». « Tous les goûts sont dans la nature », entend-on dire, ce qui signifie qu'on peut les y trouver mais aussi que la nature en demeure l'unique source. Car on ne saurait créer une couleur, un son, une forme qui ne soit déjà en place dans l'espace naturel, et ce qu'on appelle création humaine n'est que la mise en scène, sur un mode fantaisiste, des ingrédients puisés à cette seule source d'information. C'est dire que la découverte, telle qu'on l'entend proclamer avec son auréole de tout nouveau, n'existe pas, ne saurait exister. Et voilà encore une raison impérieuse de nous ramener à la nature, de nous rappeler à la nécessité, sinon à l'ordre, de la nature. L'artiste est bien démuni pour créer, par exemple, une fleur qu'on dirait « de rêve » et qui ne tiendrait aucun de ses appâts d'une fleur déjà existante. Ainsi doit-on reconnaître que la nature, telle qu'elle existe, convient à l'épanouissement de l'homme. Certains s'en suffisent pour établir que c'est la même main qui, avec ce but d'harmonie, façonna l'homme et la nature. Nous conviendrons plutôt, comme Rostand aurait pu dire, que c'est dans le même moule que les aléas de la chimie façonnèrent l'homme dans la nature. Quoi qu'il en soit, la nature étant intimement liée à l'épanouissement de l'homme, il n'y a aucune inspiration mystique à vouloir en défendre l'intégrité, ni même à se complaire à son spectacle. Autre chose serait de vouloir appliquer à la vie sociale de l'homme les enseignements puisés à observer la nature. On peut se demander cependant si une telle volonté « sociobiologique » ne caractérise pas les ignorants de la nature plutôt que les naturalistes eux-mêmes, Francis Galton plutôt que Charles Darwin, Francis Crick plutôt que Jean Rostand. Georges Vacher de Lapouge, théoricien français de l'eugénisme racial, fut d'abord entomologiste ; mais il archivait les insectes, comme il archiva plus tard les livres ou les crânes humains... Autre chose aussi serait de placer l'homme au service de la nature en niant la prééminence humaine, même si elle ne relève que du point de vue de l'homme, le seul dans la nature à pouvoir s'exprimer. Pour qui refuse la facilité d'admettre un grand architecte, responsable d'une inhérente harmonie, il reste à comprendre pourquoi il n'était pas d'autre monde capable de nous convenir, ou encore pourquoi nous n'avons pas d'autre issue que d'apprécier celui-là. Ces limites dont serait victime notre esprit, ou qui bornent l'éventail de hasards finis, ne devraient pas cesser de nous troubler sans que rien puisse être expliqué de cette relation, l'évidence s'impose que nous sommes de la nature, ou, pour le dire comme Jean Rostand, que « l'homme est soluble dans la nature ».

Dire *la nature*, c'est désigner tout ensemble le monde avec ses contenus multiformes, et aussi, pour certains, celui qui l'aurait fabriqué. En réalité il existe de nombreuses natures, et puisque l'homme est seul maître de l'inventaire, il distingue une nature intérieure qui est la sienne propre et une autre, extérieure, qui peuple le reste du monde. Le naturaliste est amant de chaque nature, il célèbre la nature de l'homme, corps et esprit, et aussi la nature du dehors, espèces et univers, toutes vivantes. Cependant, de même que certaines sortes de bêtes ou de plantes sont capables de mieux le séduire, il existe aussi des états de la planète qu'il préfère, et ce sont justement les plus propices à l'épanouissement du vivant. Ainsi la saison du printemps dans le cycle du temps ou le dessous des eaux parmi les horizons. Le naturaliste apprécie moins l'espace ouvert des prairies au moment où elles succombent sous l'hiver car quiconque s'est une fois émerveillé de l'infinie variété de la flore des montagnes et de la faune des petits qu'elle abrite ne peut se satisfaire en ce même lieu quand la neige y vient tout cacher. Quoi de plus pauvre, même si solennellement beau, que cet ensevelissement de la vie grouillante et colorée sous un linceul de silence uniformément blanc. C'est pourtant en ces temps désolés qu'immigrent les citadins, venus par trains entiers glisser sur les pentes mortes. De même, il faut plaindre ces « amoureux de la mer » quand ils n'en fréquentent que la peau qu'ils parcourent en tous sens, telles des mouches sur le cuir des bœufs, ignorant la vie multiforme qui s'agite dessous les rides nées du vent ou des marées. Pourrait-on se dire humaniste en ce qu'on apprécie les costumes que la mode prête aux corps des humains ? Il n'est rien de commun entre le spectacle des êtres minuscules, grouillants sous la pierre fraîchement retournée, et la contemplation des pentes lisses et muettes, entre l'effervescence d'une mare que le printemps a fécondé de larves agiles et le plat couvercle de l'océan. Les trésors naturels sont à double penchant vers l'homme, selon qu'il se complaît davantage à leur usage ou à leur séduction. Le naturaliste établit ainsi une hiérarchie entre les divers états de la nature mais, inconsciemment, il en classe tous les objets selon leur proximité avec l'homme. « Entre la mousse et l'insecte, entre l'insecte et l'éléphant, nous croyons discerner une parenté, et nous tenons la mousse pour plus éloignée du caillou qu'elle ne l'est de l'éléphant. » Et pourtant le caillou gagne car « c'est l'inerte qui l'emporte dans l'univers, et non le vivant. Mourir c'est passer du côté du plus fort… » Ainsi Jean Rostand tente-t-il de reconnaître ce qui est du monde inanimé et ce qui relève de la vie. Peut-être existe-t-il deux sous-espèces de naturalistes, les uns épris des éléments physiques tandis que les autres ne courtisent que les formes vivantes. Aux premiers la grandeur inanimée des cimes, des horizons infinis, et même des astres ; aux seconds le mouvement industrieux des espèces innombrables qui peuplent chaque pouce du monde physique. Les uns sont nés presbytes, les autres myopes, mais ce qui les rassemble est bien ce bonheur, ce vertige d'être là, à regarder de leurs pauvres yeux le monde tel qu'il leur fut donné, et à se demander pourquoi il leur convient si bien.

Selon Rostand, un minimum de savoir sur la nature « n'est pas un luxe culturel, un ornement facultatif de l'esprit, mais une pièce maîtresse de l'entendement », mais on le sent encore mieux préparé à défendre la poésie que la connaissance. Ainsi quand il écrit : « Les jaunes Colias annonciateurs des beaux jours. Dès qu'ils ont apparu, on ne peut plus douter que les crapauds et les tritons ne soient en route vers les étangs. Un papillon jaune fait le printemps », ou, plus explicitement : « Il est des moments où je me demande si nous ne serons pas les derniers amants du réel, les derniers à nous servir passionnément de nos yeux pour rendre justice aux féeries du visible. » C'est bien parce que l'observation de la nature est source, simultanément, de connaissance et de poésie qu'il la préconise comme école sans pareille, et prétend même que « la fréquentation des œuvres d'art nous inhabilite à ressentir décemment celles de la nature ».

Repères

S'il n'est pas de leçons humaines à prendre dans la nature, au moins peut-on y reconnaître des repères remarquables parce qu'ils ont la force des évidences naturelles. Or, notre temps de vie, cette durée qui va de la naissance à la mort, est privé de telles références. La connaissance de notre finitude deviendrait-elle supportable si notre chemin de vie menait d'un lieu du temps identifiable, à un autre qui serait repérable par rapport au premier ? Ainsi pour la bête née à l'aube et qui atteint sa fin quand s'achève la nuit, ou pour celle apparue au printemps, ayant éprouvé chaque saison quand la mort la prend où s'apaise l'hiver. Il en serait bien sûr de même si la naissance était datée du crépuscule ou de l'automne, à condition que la fin, dans le soir ou dans le froid, n'arrive qu'au terme d'une histoire intime, de durée conforme à une histoire naturelle. Ce sont là des durées bien brèves, d'un jour ou d'un an, trop brèves pour une bête comme l'homme dont la seule croissance exige de nombreuses années, mais les événements du cosmos ne nous montrent, hélas !, aucun recommencement aux bornes de périodes compatibles avec la durée de la vie humaine. La seule compensation à la mort qui serait digne de l'homme, cette « bête qui sait qu'elle doit mourir », serait de s'arrêter au moment où les mêmes choses déjà vécues recommencent. Exister pendant un cycle entier du mouvement de la nature puis laisser tourner le monde en se retirant quand la roue revient au point initial, tel est le destin que mériterait l'*Homo sapiens,* roi quoique mortel. Nous voilà obligés à compter le temps en années puisque le cycle de trois cent soixante-cinq jours, ou douze mois, ou quatre saisons, est le plus vaste cycle naturel disponible à notre entendement. Mais, d'avoir accompli cinquante-cinq cycles, ou seulement vingt, ou déjà quatre-vingts n'est d'aucune signification, parce que le compte des années ne repère que des périodes toujours recommencées sans désigner un temps unique qui les cumulerait. Aussi l'évaluation de notre durée, en échappant à toute caution cosmique, rend plus absurde encore notre présence au monde. Certains prétendront qu'une échéance commune, et prévue pour notre mort, serait génératrice d'autres angoisses, au décompte du temps qui reste, irrémédiablement. Mais la règle que j'évoque serait une règle d'espèce, celle qui énoncerait que les humains sont vivants pendant un siècle, par exemple, pourvu que ces cent années fussent représentatives d'un phénomène fondamental, extérieur à chaque homme, et capable de servir à la mesure du temps humain. Ce qui n'impliquerait pas que chacun succomberait au terme exact de trente-six mille cinq cent vingt-cinq jours, mais que ce terme viendrait approximativement clore l'aventure de tout humain ayant survécu aux multiples causes d'en terminer plus tôt, telles que maladie, accident, assassinat. Car il faut, bien sûr, laisser sa chance à la vie d'éliminer la vie, ne serait-ce que pour justifier l'entreprise de médecine et de civilisation qui, par son ambition d'éliminer les aléas du parcours vital, contribue aussi à la gloire de notre espèce… Hélas, le siècle n'est d'aucun secours pour mesurer le vivant car il multiplie l'année, mesure du temps cosmique, par la centaine, élément d'un système décimal arbitraire, et qu'ainsi il définit une mesure arbitraire. C'est seulement chez quelques bêtes ou plantes assez peu évoluées que la longévité se mesure à l'aune des mouvements de la terre, de la lune ou du soleil ; or, parmi les innombrables êtres vivants dont la durée est privée de mesure cosmique, l'homme est le seul à se soucier de sa propre fin. Voilà qui devrait suffire à démontrer l'absence d'un dieu de justice… Il nous reste à envier la longue journée de l'insecte Éphémère et les mois incomparables du coquelicot des champs. Ou alors à découvrir quelque loi inconnue par laquelle le cosmos nous habiliterait à vivre tout le temps, et seulement celui-là, que nous admettrions comme étant celui d'une vie humaine. Rostand observait que la science, « en allongeant la vie moyenne, n'a pas, ou que très peu, reculé l'âge de la vieillesse ». En effet, la proportion grandissante de ceux qui survivent aux aléas multiples ne modifie en rien notre limite, connue depuis toujours et qui risque bien de demeurer inchangée, comme une insulte de plus en plus insupportable à la démagogie technicienne. Chez l'homme parvenu aux environs de la « mort naturelle » (vers cent ou cent vingt ans) s'éveillerait, estime Rostand, « une sorte d'instinct de mort, d'aspiration au repos définitif, analogue à ce besoin de sommeil qu'on éprouve au terme d'une journée bien remplie ». Mais, s'il est plus injuste de mourir à vingt ans plutôt qu'à cent dix, il reste absurde de mourir à tout âge. « La mort, écrivait Rostand, seule chose plus grande que le mot qui la nomme. » La biologie moderne évoquerait ici le phénomène de « mort programmée » qu'on découvre inscrit dans les cellules de notre corps : par cette « apoptose » la cellule se suicide au moment où lui parvient tel signal du dehors, et ce suicide convenu autorise la survie de l'organisme. De même, l'individu doit bien un jour abandonner sa place au sein de l'espèce et il ne nous paraît pas tellement absurde que l'animal ou la plante, quand ils sont réputés incapables de résister aux frimas de l'hiver, s'éteignent quand vient le froid insupportable. Bien sûr, les artifices de la civilisation nous ont protégés d'influences de ce type, mais pas de toute influence possible du dehors, telle que force de gravitation, champ magnétique ou autre... Qu'on démontre que des éléments cosmiques recouvriraient des cycles du temps dont la durée approximative serait la durée maximale de la vie humaine et, pour demeurer injuste, la mort en serait moins absurde. Entre-temps il nous reste loisible d'honorer chaque année qui passe en émettant quelque vœu quand s'annonce celle qui vient ; par une marque culturelle, comme à l'occasion du « nouvel an », ou naturelle, comme ce jour où on déguste la première fraise ou le beaujolais nouveau.

Si la nature nous nargue en privant notre existence de repères temporels essentiels, elle nous montre aussi des situations surprenantes qu'on pourrait dire exemplaires. On admet que les relations entre animaux témoignent le plus souvent d'une violence inhérente, comme entre loup et agneau, chat et souris, araignée et mouche. Ce faisant, on néglige des relations plus complexes, qui restent encore incompréhensibles mais que les naturalistes observent avec fascination. C'est le cas de ces attitudes d'intimidation qui permettent d'éviter un véritable combat après que deux adversaires ont évalué respectivement leur force ou leur détermination. De tels affrontements à blanc relativisent notre inventivité dans la mode récente de la « virtualité »…. Mais ce comportement ne se limite pas à l'élection du mâle le plus fort pour qu'il s'empare des femelles, comme il est bien connu dans de nombreux groupes animaux. Il est réellement stupéfiant d'observer le succès de la menace exercée par un animal sur un autre, quand ce dernier appartient à une espèce beaucoup plus puissante, ou même prédatrice du premier. Ainsi voit-on parfois un moineau poursuivant une pie, ou un chat persécuté par un merle. Dans ces situations, le faible compense souvent son infériorité en émettant des cris ininterrompus, ou en s'agitant avec frénésie comme pour se faire plus crédible. Ce qui est extraordinaire, c'est le succès de cette entreprise puisque l'animal menacé, alors qu'il pourrait ne faire qu'une bouchée de l'attaquant, s'échappe comme s'il courait un réel danger. De son côté, le tout petit, paquet de nerfs et de plumes exacerbé par une menace insupportable, souvent contre sa progéniture, s'élance à la poursuite du prédateur, l'approche à le toucher et le fait reculer sans paraître ne rien craindre de son pouvoir ni de ses traditions meurtrières. Il arrive donc que, dans la nature « sauvage », le plus fort ou le plus rusé ne l'emporte pas mais accepte de céder au plus convaincant. On ne saura certainement jamais ce qui explique ces comportements, mais tout se passe comme si l'énorme colère du plus faible, en révélant son indignation, venait instituer une loi d'exception afin que ce ne soit pas la force brutale qui s'affirme et gagne. Ce qu'on observe là évoque une manifestation civilisée : par l'indignation authentique du faible, le puissant est mis en cause et abdique sa force comme si elle n'était pas compétente pour répondre à la situation, malgré qu'elle demeure objectivement une façon radicale de la résoudre. Ainsi arrive-t-il parfois, trop rarement, qu'un soldat venu pour tuer s'échappe pour fuir la véhémence d'une mère.

Chercher dans la nature une signification à notre durée, ou y repérer des coutumes dignes de nos discours sur l'altérité ou la justice, n'est pas choisir de s'aligner sur un modèle extérieur à l'humanité ; c'est plutôt ouvrir l'œil, depuis le fond du trou noir où nous jettent les réalités, pour accrocher quelque raison de ne pas désespérer. De même quand Rostand exalte la « beauté innocente de la vie. Plaisir reposant à considérer ces chefs-d'œuvre anonymes qui ne s'adressent à personne, ne prétendent à rien, n'attendent aucune louange ». Une telle idéalisation de la nature a agacé plus d'un lecteur et peut servir à renforcer une vision naturaliste de l'humanité. Pourtant, si Rostand absout les bêtes de leur violence et de leur égoïsme, il exige bien davantage de l'homme, comme le montrent ses œuvres de jeunesse. Ainsi dans *Pendant qu'on souffre encore* (1921), où il fustige la guerre et ses héros, ou dans *La Loi des riches* (1920), satire des comportements de la bourgeoisie à laquelle il appartient. Le naturaliste s'émerveille de la nature, mais c'est comme d'un environnement où l'homme reste cependant jugé par d'autres lois – qui sont celles qu'il a édictées. C'est pourquoi on ne peut confondre l'écologisme charnel de Rostand avec le fatalisme aristocratique d'un Alexis Carrel par exemple. Désigné comme « père fondateur de l'écologie » par l'extrême droite actuelle, Carrel n'avait rien d'un naturaliste tel que nous venons d'en définir la spécificité ; il explorait la vie en technicien mais ne s'intéressait aucunement à l'unité du monde vivant, sauf pour revendiquer l'usage, dans les sociétés humaines, de la violence sélective décrite chez les espèces animales. Au contraire, Rostand, ennemi de tous les nationalismes, foncièrement égalitariste, militant avant l'heure pour la citoyenneté mondiale comme pour l'abolition de la peine capitale, était de ces humanistes trop rares qui proclament la rupture entre nature et civilisation, mais n'oublient pas pour cela que la nature demeure la scène éternelle où s'épanouit l'humanité, même criblée d'artifices.

Notre époque serait « caractérisée par la communication », au prétexte que des circuits de câbles et de capteurs permettent de recueillir des messages sonores ou visuels dans l'instant où ils sont émis. Ces miracles techniques ont aussi le goût des mirages puisqu'ils font prendre le « message informationnel » pour la pensée elle-même, et s'appuient sur la performance indiscutable du premier pour réduire la fonction de la seconde. Mais, dans cette apologie du câblage, plomberie impeccable du langage marchand, on oublie l'extraordinaire démonstration réalisée par la recherche en biologie quand elle montre que la communication est dans la nature. L'affaire a commencé avec le thème de la reconnaissance du soi, découverte par l'immunologie et qui révélait l'identité cellulaire, source de succès médicaux dans la transfusion sanguine comme dans la greffe d'organes. Elle s'est affirmée avec l'endocrinologie qui reconnaît la transmission, par les hormones, de messages à distance ; la complexité des informations atteignant chaque tissu du corps est devenue évidente avec la découverte des neurotransmetteurs et des cytokines, et la notion de processus permettant de maintenir les équilibres locaux. La biologie a aussi déchiffré le code génétique qui, à partir de l'ADN, structure héritée dans le noyau de chaque cellule, commande la production de protéines qui sont spécifiques à la fois de l'identité de cette structure, de la cellule qui l'héberge, et des influences reçues par cette cellule.

Ne serait-ce que pour ces révélations, on serait fondé à déclarer notre siècle comme étant celui de la communication, sans référence aux dispositifs artificiels comme téléphone, télévision, câble, réseaux informatiques ou « autoroutes de l'information »... Mais il y a plus fort au-delà des mécanismes renseignant les cellules sur l'humeur interne du corps qui les contient, on a reconnu que le langage est aussi parlé au-dehors et qu'il n'est pas l'apanage de l'humain. C'est le cas particulièrement des insectes sociaux comme les abeilles, mais on a aussi découvert chez d'autres animaux les messages puissants que libèrent les phéromones. D'un ordre à l'autre du monde vivant, on admet, sans toujours la comprendre, la fonction relationnelle des peintures et postures, martiales ou nuptiales, comme celle des chants, cris, ronronnements et silences qui meublent l'univers sonore de la vie animale. Mais voici que des travaux très récents viennent soutenir la vision du poète qui attribuait la beauté de la fleur à l'amour témoigné par une jeune fille ou un jardinier : le végétal aussi, malgré son mutisme et son immobilité, serait doté du pouvoir de communiquer. C'est ce qui ressort d'observations montrant qu'un acacia, soumis à l'appétit mortel d'antilopes affamées, est capable d'envoyer à un congénère voisin, aussi muet et figé que lui-même, un message volatil grâce auquel celui-ci fera ses feuilles toxiques au mammifère. Et comment analyser les inventions incessantes des bactéries pour se jouer de nos antibiotiques sans admettre l'existence de conciliabules microbiens ? Comme si ces révélations d'une intelligence rampante de la nature vivante ne suffisaient pas, on annonce que le minéral, quoique stupide, sait aussi transformer un message pour le transporter. Si l'eau dispose ainsi d'une mémoire pour transmettre, la plante y ajouterait des décodeurs, à l'entrée comme à la sortie du message, et la bête multiplie les circuits en formant des phrases, gestuelles ou vocales, adapte son langage à l'interlocuteur et réagit à son discours. « L'une des choses que je crois avec le plus de force [...] c'est qu'il n'existe, de nous à l'animal, qu'une différence du plus au moins, une différence de quantité et non point de qualité ; c'est que nous sommes de la même substance que la bête », écrivait Rostand bien avant que la biologie moléculaire eût démontré que nous ne différons du chimpanzé que par d'infimes nuances dans la formule de l'ADN. La même substance qui coule de la bête à la plante s'origine dans le non-vivant, englobant les objets naturels dans un énorme mais unique moule où se côtoient des niveaux de complexité, variés à l'infini. C'est du cerveau de l'homme, parmi ces objets de la nature, qu'ont fait irruption ces machines capables de résoudre des problèmes ou de communiquer qui intriguaient Rostand car « pour définir et isoler ce qui est le propre de l'homme, n'est-ce plus désormais notre unique ressource que de le comparer à l'animal dont il sort ? Nous pouvons aussi, nous devons aussi le comparer aux machines qu'il construit : sera dit *humain* ce dont non seulement toute bête est incapable, mais ce qui, de toute machine, excède le pouvoir ». Rostand exprime ainsi sa confiance en l'hégémonie de l'homme sur l'animal ou la machine et annonce l'exigence qu'entraîne cette confiance, jusqu'à prendre le risque de disqualifier l'humain s'il s'avérait moins doué que sa création.

Mais l'épreuve ne saurait porter seulement sur l'intelligence, la mémoire ou la communication, et ce serait mal comprendre Rostand que de limiter sa mesure de l'homme à ces qualités. Certes la machine, sous-produit de l'homme, sait déjà battre le singe au jeu d'échecs, mais, quand il adviendra qu'elle batte aussi l'humain, celui-ci n'en restera pas moins dans l'humanité. Et l'humanité demeurera de la nature tandis que la machine restera de la mécanique. Le maître en naturalisme de Jean Rostand, Jean-Henri Fabre, en s'extasiant sur « les merveilles de l'instinct chez les insectes », célébrait déjà la richesse inégalable du vivant, même considéré comme collection d'automates.

LES NATURALISTES

Le naturaliste prend en charge son propre questionnement existentiel en se confrontant aux mystères du monde vivant, non parce qu'il se croirait investi d'une mission mais parce qu'il ne connaît rien de plus important, et qu'il ne sait pas faire autrement. Car, disait Rostand, « si tu épuisais le secret de cette chenille, tu en saurais plus long sur toi-même que n'en savent tous nos fameux docteurs : elle témoigne pour quelque chose d'inqualifiable et qui ne figure pas dans nos philosophies ». Ou encore : « Chacun fixe le seuil de ses ébahissements. Les miens commencent dès l'animal. Expliquez-moi le crapaud, je vous tiens quitte de l'homme. » Le naturaliste n'est pas de ceux qui s'intéressent au poids de l'éléphant, à la hauteur du séquoia ou à la vitesse du jaguar. Le livre de la vie n'est pas celui des records, car il ne s'agit pas de mesurer la nature mais de l'approcher parce qu'on est anxieux de découvrir où elle nous tient. À cet exercice, ce n'est pas l'existence spectaculaire et lointaine de la vie exotique qui peut nous apprendre, mais l'observation des espèces banalement familières. Rostand constatait : « Je n'ai jamais eu la curiosité des faunes ou des flores exotiques : il y a dans mon petit jardin plus qu'il n'en faut pour me dépayser. » Et encore, en évoquant son « musée imaginaire » : « Aucun exotique n'y figure : c'est assez des modestes splendeurs de la faune indigène : un mâle de hoplie céruléenne, une rosalie alpine, une chenille de grand paon, une chrysis, une æschne toute neuve et luisante, à peine émergée du fourreau nymphal, une rainette bleue, la gorge mauve d'un crapaud calamite, les couchers de soleil qui flambent au ventre des tritons… » Encore les êtres à observer ne peuvent-ils être choisis parmi les commensaux de l'homme, chez lesquels sélection et domestication ont brisé plus ou moins profondément les ressorts naturels. L'espèce élue doit enfin être approchable dans tous les aspects de sa vie relationnelle pour qu'on puisse pénétrer sa niche écologique sans troubler le comportement sauvage. Cela explique que les naturalistes abandonnent les animaux domestiques aux zootechniciens ou les espèces spectaculaires aux explorateurs, et qu'ils se passionnent souvent pour le monde des insectes ou des vertébrés de petite taille. Rostand relève qu'en son « goût tout spontané pour l'insecte, il y avait quelque chose de primitif et d'indéfinissable, qui était de l'ordre de l'affectivité ou de l'instinct – une sympathie physique, une sensualité, plutôt qu'une curiosité ». Mais cette sympathie ne pouvait se réduire uniquement à l'insecte, sujet opportun d'une curiosité englobant toute la nature vivante : « Sans que je m'en rende compte, c'était moins les insectes qui m'attiraient que les grands problèmes de la vie qui se posent à leur sujet, comme au sujet de toutes les bêtes animées. » Il n'est alors pas contradictoire que, d'abord éveillé à la contemplation des insectes, Rostand se soit finalement orienté vers l'étude des grenouilles et crapauds, même si sa motivation lui restait mystérieuse. « Il est rare qu'on soit touché, ou du moins qu'on le soit également, par tous les aspects qu'offre la nature », commente-t-il, et il ajoute : « L'un préfère la turbulence animale, l'autre la silencieuse sensibilité des plantes ; l'un préfère le grand, et l'autre le petit, voire le minuscule ; l'un préfère le sang chaud, et l'autre le sang froid ; l'un préfère la coquille, et l'autre la chitine. » Ailleurs, Rostand évoque « les animaux, pour moi, plus émouvants que les plantes ; les embryons, plus émouvants que les adultes », et conclut : « Aucune vexation d'amour-propre ne tient devant quelques minutes passées en tête à tête avec mes crapauds. » Il sourit chaleureusement si on le désigne comme l'« homme aux grenouilles » car ce batracien est pour lui « un fragment privilégié du monde vivant, un symbole sensible, un thème familier qui, depuis tant d'années, m'accompagne, et où les images, les émotions, les souvenirs, composent un mystérieux ambigu d'enfance, de beau temps et de nature ». Le passage qui suit, extrait d'une conférence à la Société zoologique de France, en 1963, est représentatif de l'humour aimable du biologiste : « Personne ne se douterait, je crois, du nombre et de la variété des questions qu'on peut poser au sujet des grenouilles, soit par lettre ou par téléphone : quelle nourriture leur donner quand elles sont jeunes (ce sont généralement des petites filles qui demandent ce renseignement) ? Est-ce qu'elles doivent faire partie du Marché commun ? Quelle est la longueur maximale d'un saut de grenouille ? Est-ce que leur chair est un aliment complet ? À quel moment dorment-elles ? Sont-elles intelligentes ? Les distingue-t-on les unes des autres ? Ai-je mes préférées ? Leur donné-je un surnom ? Ont-elles des cils aux paupières, etc. [...] Un homme qui s'occupe des oniscoïdes ou des talitridés offre évidemment moins de prise au bavardage du profane. » Puis, dans le style de la tirade du nez, chez Cyrano : « S'il pleut : vous devez être satisfait, beau temps pour les grenouilles »... Et il conclut : « Je dois avouer que, dans l'ensemble, je me tiendrai plutôt satisfait d'avoir donné à tant de gens l'occasion de prononcer – fût-ce avec une nuance de dédain – le mot grenouille ! Ainsi, bon gré mal gré, auront-ils pris un peu conscience de l'éminente dignité de l'animal. »

Jean Rostand avait à peine dix ans quand, lisant les *Souvenirs entomologiques* de Fabre, il découvrit sa complicité avec cet observateur insatiable des insectes. Pour la première fois, l'émerveillement du jeune garçon au spectacle de chaque créature du jardin trouvait justification en étant partagé par un autre et, mieux, par un adulte. Car il faudrait qu'un enfant fût sans vergogne pour oser dire, ou même oser penser, ce sentiment perdu par presque toutes les grandes personnes, l'admiration dévote et quelque peu sensuelle portée aux êtres et aux faits de la nature.

Naturalistes, chacun séduit par tel animal ou telle plante, « nous sommes affrontés à une réalité qui nous dépasse », écrit Rostand mais, sans les moquer, il se démarque de ceux pour qui le spectacle du vivant fait éclater « la marque du Divin ». Cette distance n'est pas pour se prétendre mieux capable d'expliquer car il se range parmi ceux qui, « devant les inégalables prouesses du vivant, préfèrent de ne les point qualifier. Résolument agnostiques, estimant qu'aucun mot humain, aucun concept humain ne serait ici de mise, ils acceptent de se trouver devant le provisoirement, le peut-être à jamais impensable, et se plaisent à faire hommage à ce qui est d'une émotion qui s'interdit de se convertir en jugement ». Cette émotion ne concerne pas seulement le mouvement des êtres mais leur composition même, ainsi qu'en témoigne le récit que Rostand fait de sa première dissection d'une grenouille : « Je respire l'odeur fade du chloroforme qui avait servi à endormir l'animal. Je revois le maître, agrandi aux proportions d'un magicien, et qui donne avec précaution et gravité le premier coup de scalpel, puis le filet sanguin s'échappant de la peau sectionnée, et, celle-ci s'écartant comme un rideau qu'on lève, la belle planche polychrome qui surgit, tremblotante dans l'eau de la cuvette : le vert émeraude de la vésicule biliaire, le rouge profond de la rate, le jaune doré des corps adipeux [...]. Impression troublante, quasi dramatique, d'être admis à voir ce qui n'est pas fait pour être vu, d'accéder à une réalité interdite. »

Jusqu'où est le pareil entre la bête et nous ? Ce lézard lentement approché et dont les pattes se tendent sur la pierre chaude, prêt à fuir, me regarde de son gros œil rond, sa peau fripée se tend à chaque pulsation pour respirer. Il existe sans moi mais aussi avec moi puisqu'il sait ma présence. Nous démontrons une relation similaire à la vie : n'ai-je jamais connu pareille crainte que celle qui se voit dans la tension de son corps, dans le battement saccadé et violent de sa gorge ? n'ai-je jamais cessé brusquement d'avaler, en proie à quelque soudaine émotion comme ce reptile dont la gueule immobile retient le moucheron que je l'ai surpris à déguster ? Qu'en est-il du lézard en moi et, pourquoi pas, de moi en lui ? Pour le naturaliste, dit Rostand, la nature « n'est pas un simple champ d'études, une collection d'objets dont il s'agit de démonter le mécanisme : elle lui est une source d'émotions, assez difficiles à définir, à expliciter, et même pour lui ». Cette émotion naît peut-être de ressentir un lien avec quelque créature dont l'aspect nous sépare absolument, tandis que le vivant désordonné qui bruit en elle comme en nous-mêmes nous rassemble comme si nous étions du même sang. Là est le mystère : comment cette rupture fondamentale que nous démontre l'autre, par ses dimensions, formes et coutumes proprement aberrantes, s'accommode de traits, organisation ou comportement qui nous sont tellement familiers ? Si ce qui nous sépare apparaît partout et avec évidence, comment reste-t-il de quoi nous rapprocher avec la même évidence ?

Nous sommes du même sang que la terre vivante parce qu'elle sait nous émerveiller ou nous martyriser, parce qu'elle nous nourrit d'images, d'illusions, de vérités et de peines, puis nous retient en elle quand elle continue sans nous. Je revois ce pasteur osant dire lors des funérailles d'une amie : « Seigneur ; nous te remettons Isabelle parce que nous n'avons personne d'autre à qui la confier… » Cette impuissance avouée, malgré l'effort de la foi, aurait ému Jean Rostand autant qu'elle m'a ému : il n'est pas de sauveur suprême et le nom de Dieu ainsi lancé dans l'absolu dénuement vient désigner, et donc dénoncer, l'absence même de Dieu. Ici se trouve bloquée l'ambition de l'homme, suspendu son génie créatif, piégé par l'angoisse que tout soit définitivement aussi absurde qu'il y paraît. Rostand a plusieurs fois commenté la démesure de cette puissance divine que toutes les cultures ont dû inventer, et le dénuement où demeure chaque incrédule, malgré tous les efforts pour donner un sens à sa présence, ici et au-delà. Certains ont prétendu faire plus concret en déifiant la terre elle-même sous le nom de Gaïa. Ce qui fait le naturaliste différent du mystique, c'est que le premier a l'émerveillement gratuit : ni devoir ni investissement, la nature est à observer et à respecter parce qu'elle nous convient, elle est à jouir dans les délais impartis et ce que nous pouvons faire de plus audacieux est chercher à comprendre et à survivre. L'émotion vient en plus, même si elle vient toujours pourvu qu'on l'accepte, comme une promesse d'échec, avec la certitude de demeurer dans l'incohérence puis succomber quoi qu'on fasse; l'émotion du naturaliste résulte d'un mélange subtil où la fierté d'appartenir à un monde qui nous fascine se mêle à l'impuissance pour expliquer ce que nous y faisons. Aussi, « l'étude des phénomènes de la vie répond à une curiosité qui, en certains esprits, peut aller jusqu'à la passion la plus vive, mais qui est le privilège d'un petit nombre ». Cette passion est celle du naturaliste qui « se demande parfois s'il veut savoir la nature parce qu'il l'aime, ou s'il ne l'aime que parce qu'il veut la savoir ».

Sexualité

La sexualité n'est pas étrangère à l'émotion qu'éprouve le naturaliste occupé à espionner ou capturer l'animal, fût-ce une libellule ou un hanneton, ou même à observer la plante immobile. Ainsi Darwin avouait-il connaître « une sorte de délire » à découvrir insectes et fleurs des forêts brésiliennes et sa description d'une orchidée ravit Rostand : « Un organe, en forme de selle, saisit un poil de façon admirable : alors un autre mouvement se produit dans les masses polliniques, qui dispose celles-ci à abandonner le pollen sur les deux faces latérales du stigmate. Je n'ai jamais rien vu d'aussi beau. » De même l'entomologiste J.-H. Fabre découvrant « la gracieuse courbure » d'un œuf d'insecte, se disait frappé par « la sainte commotion du beau », et Rostand confesse superbement : « Je ressens encore l'émotion quasi voluptueuse que me donna une lourde papillonne fauve en abandonnant au creux de ma main ses œufs de laque violette… » C'est toujours à propos d'une orchidée que Darwin avoue : « J'en suis devenu à moitié fou… C'est vraiment une chose splendide que de surveiller, à un faible grossissement, ce qui se passe lorsqu'on introduit une pointe dans une fleur jeune que nul insecte n'a encore visitée… » Et encore : « Ce sont de merveilleuses créatures, et je songe quelquefois, en rougissant de plaisir, aux moments où je découvrais quelque détail nouveau dans leurs méthodes de fécondation. » Commentant cette confession, Rostand attribue à Darwin, comme à tout naturaliste, « une sorte de culpabilité, comme s'il sentait lui-même qu'en ces moments de joie, l'artiste l'emporte un peu trop sur le savant ». Peut-être est-ce un souci de pudeur, bien propre à Rostand, qui l'empêche de voir en quoi l'excitation de Darwin à dépuceler la fleur, ou à en découvrir la vie intime, relève de la sensualité tout autant que de l'esthétisme. Rostand cite un autre grand naturaliste, Alfred Russel Wallace, également théoricien de la sélection naturelle, qui se laisse ravir par un rarissime papillon mâle, capturé quelque part en Amérique du Sud : « Quand je le retirai de son filet, et que j'écartai ses ailes éclatantes, je fus plus près de m'évanouir de délice et d'excitation que je ne l'avais jamais été dans toute ma vie : mon cœur battait à se rompre ; tout mon sang affluait à mon cerveau, me laissant une migraine pour toute la journée. » Tout en évoquant les « attraits de la nature », et en qualifiant le naturaliste de « voyeur », Rostand ne commente pas ce que ces pulsions de capture et possession doivent encore à la sexualité. Mais il pressent que l'« émotion du naturaliste en face de la chose vitale » ne relève pas seulement de la « sensibilité esthétique » et « soupçonne qu'il s'agit de quelque chose de plus profond. Seule une psychanalyse serait à même d'en discerner, chez l'enfant, les racines affectives ».

Peut-être pourrait-on considérer comme un symptôme singulier et vital de l'émotion naturaliste la séduction où chacun est tenu par l'attirance qu'exerce l'autre sexe au sein de chaque espèce. Le plus souvent, mâle et femelle ne diffèrent que par quelques détails, au point que l'un est plus semblable à l'autre que ne le serait n'importe quel représentant d'une autre espèce. On pourrait alors dire que c'est une légère variation de l'identité qui crée l'attirance, laquelle est fondamentalement nécessaire à la perpétuation de l'espèce. Mais que penser de la pigeonne en captivité dont on dit qu'elle ne pond qu'à la condition d'être en compagnie d'un partenaire de l'un ou l'autre sexe ? et comment interpréter ce fait que le même oiseau, placé en isolement, serait encore capable de pondre pourvu qu'un miroir lui délivre sa propre image ? L'effet positif du leurre révèle-t-il le narcissisme de la bête ou un état déterminé qui la fait réceptive à une famille d'images parmi lesquelles le semblable voisine avec le ressemblant ? À l'inverse, on connaît des cas de dimorphisme sexuel où mâle et femelle diffèrent tellement qu'on les a d'abord crus appartenir à des espèces différentes. Si l'attraction qu'exerce un sexe sur l'autre empruntait la seule voie des stimuli visuels, il faudrait admettre qu'au-delà de la forme et des dimensions, les futurs partenaires se reconnaissent par des signaux de couleur ou de mouvement. Pourtant on ne peut négliger dans cette attirance des sexes le rôle d'une signalisation non visuelle, comme par les odeurs ou les sons. Le naturaliste est souvent moins réceptif à ces stimuli qui ne mobilisent pas le regard, même s'il sait détecter l'odeur âcre du serpent dans les fougères sèches ou discriminer parmi les chants mêlés des oiseaux pour attribuer à chaque partition une image de plumes définissant l'espèce, et parfois une fonction naturelle justifiant l'exercice de tel chant, de victoire, de territoire, de combat, ou de conquête.

Nous voilà donc bien incapables d'édicter une loi générale de l'émotion naturaliste qui s'accorderait avec les séductions que peuvent exercer le semblable, ou le ressemblant, ou le divergent, et qui révélerait chez l'homme la culture d'un instinct d'association, lequel pourrait être aussi identifié chez la bête. Jusqu'au point où le naturalisme apparaît comme une des pulsions les moins bien partagées dans la nature puisqu'elle n'émane que de l'espèce humaine et ne semble concerner que ce qui n'est pas elle. Encore avons-nous noté au début que peu nombreux sont les hommes sujets à cette pulsion, de même que peu nombreux sont aussi les saints, les héros, ou les criminels… Convenons donc que le naturaliste est un être humain normal, exceptionnellement habité par la curiosité du monde, par l'angoisse de ne pas comprendre ce qu'il y fait, et par l'émerveillement devant ce qu'il y découvre.

Comment nier que le naturaliste est aussi celui qui fait rimer nature avec capture ? La passion du vivant l'amène à posséder la plante ou la bête, vifs ou même défaits de la vie. Jusque dans ces herbiers qui fleurent le vieux foin, au fil de pages tristes où s'accrochent des feuillages décolorés. Jusque dans ces boîtes de carton fringant, et vert, dont la vitre laisse voir des insectes épinglés comme pour un ultime garde-à-vous. À ce spectacle, l'ignorant, capable d'arracher sans raison les ailes d'une mouche, s'indigne en ce qu'il croit deviner le sadisme, ou même la haine. Comment expliquer qu'il n'était pas d'autre façon de tenir la merveille à demeure ? Tout naturaliste rêve de confiner ses sujets d'admiration en leur état immaculé, de s'introduire lui-même en quelque enceinte réservée où ses bêtes pourraient se croire libres, quoique disponibles. C'est parce qu'il ne peut maintenir prisonnière l'innocence sauvage qu'il se résout à l'inactiver. S'il n'y a là aucune délectation morbide, aucune volonté de faire souffrir, il reste que la misère absolue imposée au vivant par le naturaliste lui pèse peu au regard de la frustration qu'engendrait l'indisponibilité de la bête. Le naturaliste ne sait pas aimer avec amour, il met en passion. Sans doute est-ce encore le naturaliste en l'homme qui inventa la corrida, cette fête biologique où le corps incrusté d'or du dompteur attire, frôle et caresse les muscles puissants d'un monstre nu que des comparses excitent. Dans ce climat de folie calculée, de peur et de colère, pour l'enthousiasme des esthètes, la mort est donnée sans surprise, elle vient aboutir l'accouplement. Mais qu'on n'aille pas attribuer au naturaliste la paternité des misérables combats de coqs ou de chiens, ni même les stupides courses de chevaux : ce n'est pas la quantité de sang ou de sueur qui fait notre passion, c'est la confrontation de la condition humaine avec d'autres vitalités.

« Que j'aie le cœur naturaliste, que je sois de ceux qui ressentent avec une force singulière le spectacle de la chose animée, je n'en disconviens pas. C'est là une des plus sûres et tenaces composantes de ma personne », écrit Rostand. La pudeur, autre composante tenace de sa personnalité, l'empêche de dire la jouissance sensuelle des captures, qu'il évoque cependant en citant les maîtres, Darwin ou Fabre. « L'enfant est biologiste d'instinct, écrit-il, il s'intéresse à tout ce qui grouille, remue, palpite… » Sans doute, et les adultes sont parfois effrayés par l'énergie sauvage que manifestent les enfants dans leurs pulsions de capture.

Combien de bêtes de toutes sortes ai-je capturées, avant que l'âge ne m'amène à refréner cette pulsion, sous le double effet d'une introspection critique et de la peur du ridicule ? Il m'arrive encore, au prétexte de rassurer certains que terrorise l'hyménoptère, d'assommer un craintif xylocope d'un leste revers de main, ou d'étourdir une guêpe effrontée à l'aide d'un doigt propulsé comme un ressort. Puis, devant l'assistance admirative, de me saisir posément de l'insecte inactivé pour le laisser échapper dès qu'il a recouvré sa vitalité. Au temps de mes audaces autodidactes, j'ai testé plusieurs fois la variante consistant à enfermer au creux de ma main l'abeille saisie en vol et non anesthésiée… jusqu'à ce que la brûlure du dard me fasse lâcher prise et, en confirmant la puissance de la bête minuscule, me laisse douloureux mais rassuré sur la justice, ou sur l'équilibre du monde. Qu'on laisse à l'animal captif assez d'espace pour se mouvoir dans l'illusion de la liberté et il devient inoffensif, telles ces vipères aspic que je plaçais contre moi dans mon lit, après les avoir préalablement presque asphyxiées, afin qu'elles s'imprègnent lentement de la présence et de l'odeur de mon corps. J'ai souvenir aussi de l'ahurissement du professeur de sciences naturelles quand, au beau milieu d'un cours, j'entrepris de déplacer l'estrade sur laquelle il était juché, dans le but, irrépressible comme un instinct, de me saisir d'une souris grise, sous le meuble à l'instant disparue. Hauts faits de capture : colibri happé dans un filet à papillons après deux heures de manœuvres réputées impossibles sous le soleil des Caraïbes ; opossum surpris dans la nuit australienne accroché à un tronc, silencieusement contourné, et contraint d'abandonner dans ma main une solide touffe de poils ; couple d'effraies, neige et miel, prisonnier d'un vieux donjon, battant fort des ailes et des becs, et enfin soumis entre mes doigts déchirés par les serres… et combien de garennes, de merles ou de lézards, saisis à la volée ou dans les bras d'un piège. Le naturaliste n'est pas un charognard, ses pièges sont pour capturer du vivant qui doit demeurer tel au plus long temps, et en tout cas ne peut être découvert à l'état trépassé. Aussi fait-il preuve de grande ingéniosité, tant la capture du vif est plus savante que celle du cadavre : armé d'un fusil, vous pouvez tuer n'importe quelle bête, lion, mouche, héron, et même brochet, tandis que la capture des mêmes nécessite un dispositif adapté pour chacune. Élastiques, ressorts, paniers, grillages, filets, glu, bouteilles vides, fils et boucles, bâtons fourchus, trappes, etc., tels sont les ingrédients qu'il faut apprendre à disposer devant une coulée, sur une branche, ou dans un potager. Puis attendre, caché à épier ou loin du piège, pour enfin venir, le cœur battant, apprendre si on fut plus malin que la bête. Il m'arrive de penser que c'est avec le même sang naturaliste, celui qui fait les enfants trappeurs, que certains adultes sont portés vers des métiers étranges ; comme de capturer des ovules et des spermatozoïdes, les tenir à l'œil du microscope dans une fiole transparente, épier leurs ébats, aider à leur fusion au moyen de la chimie ou de la mécanique ; puis, quand la fiole est grosse d'un œuf, disposer celui-ci, tout chaud, dans le piège accueillant de la matrice, ou encore l'endormir de froid pour le tenir à merci plus longtemps…

Le droit d'être naturaliste

Rostand menait un combat pour le « droit d'être naturaliste » avec cet argument que l'histoire naturelle est la matière qui développe « le sentiment, si nécessaire, de la complexité des choses ». Il professait que l'objet vital constitue « une source irremplaçable d'enseignements, propres à dissiper certaine illusion mathématicienne qui est de croire que les réalités se laissent rigoureusement définir et qu'on en épuise le contenu par les outils de la pure logique ». Encore n'avait-il pas connu les rigueurs du QCM qui permet d'élire, dès le premier cycle des études médicales, ceux dont nous devrions croire qu'ils ont ainsi démontré leur compétence à nous soigner. « De plus en plus, le préjugé s'accrédite que l'instrument mathématique est indispensable à quiconque veut s'engager dans les voies de la science », note Rostand qui ajoute, « afin qu'on ne pense pas que je vide ici une querelle personnelle – que, dans ma jeunesse, j'aimais beaucoup les mathématiques, y réussissais fort décemment, si bien que j'ai pu, grâce à elles, compenser, au baccalauréat, une insuffisance caractérisée en matière littéraire ». Si Rostand s'avoue admiratif des capacités intellectuelles de grands mathématiciens, tel Raymond Poincaré, il proclame que la biologie, « science jaillissante, succulente, charnue, sensible, voire sensuelle [...] est complémentaire des dessiccations et des émaciations de la mathématique ». Ce qu'il veut montrer n'est pas l'insignifiance des mathématiques, mais leur incompétence à comprendre la nature, si bien que, « s'il est fort souhaitable que beaucoup de biologistes aient l'esprit mathématique, en revanche il ne serait pas mauvais que certains ne l'eussent point ». Cette thèse est devenue irrecevable car les rationalistes exacerbés s'imaginent qu'il suffirait d'accumuler des démonstrations pour parvenir à expliquer le monde. Soutenir l'inanité d'une telle croyance fut parmi les plus audacieux combats de Rostand, et reste l'un des plus actuels puisque les conséquences de sa défaite marquent les impasses et impuissances des sciences du vivant aujourd'hui.

C'est, en effet, au mépris de la philosophie des naturalistes, ces Indiens de la science, que s'est récemment développée la recherche en biologie. Comment la science moderne eût-elle pu prendre au sérieux le naturaliste qui, « ne l'oublions pas, n'est pas, ou n'est pas forcément, un homme de science pareil aux autres : c'est parfois un hybride assez singulier qui, tenant un peu de l'artiste, est venu à la science par le biais de l'amour de la nature ». « Artiste »... « amour de la nature », voilà bien des faiblesses dont la science d'aujourd'hui ne saurait s'accommoder. « Décontenancés » par la nouvelle forme de la biologie, « les biologistes à l'ancienne mode, les biologistes qui ne sont que biologistes [...] éprouvent un respect mêlé d'un peu de mélancolie », avouait Rostand il y a vingt-cinq ans. Et il confiait : « Je suis pratiquement coupé de cette sorte de biologie. De sorte que, quand je vois des jeunes qui me disent actuellement : "Nous voulons faire de la biologie, nous voulons faire un peu comme vous", je leur réponds : "Vous savez, ce n'est plus à la mode, maintenant ; il faut aller du côté de la biologie moléculaire." Cela dit, je pense que l'ancienne biologie a encore son rôle à jouer. » On en arrive désormais à un recrutement inverse de celui que préconisait Rostand : la recherche en biologie, et particulièrement en biologie humaine, est de plus en plus réalisée par des médecins ou ingénieurs, insensibles à l'émotion naturaliste et qui, pour la plupart, n'ont même jamais eu le goût des sciences naturelles. « Travailler » sur le vivant devient un débouché universitaire comme un autre, et est donc supposé exiger les mêmes qualités, et seulement celles-là, qui sont requises pour toute activité intellectuelle à caractère scientifique. Il est probable que, sans cette évolution, la biologie moderne n'aurait pu se développer de façon aussi voyante, accumulant les micro-découvertes à un rythme tellement effréné que des naïfs imaginent qu'on est en passe de tout comprendre. Pourtant, la plupart des informations acquises par l'étude de fragments d'ADN restent sans signification au niveau de la cellule, du tissu, de l'organe et de l'organisme. La complexité du vivant est telle qu'on ne peut se suffire d'équations simplistes : ce gène code (détermine) cette protéine qui induit telle fonction... En fait toute protéine (et donc tout gène) influence, directement ou indirectement, un ensemble de caractères et, réciproquement, tout caractère est influencé par plusieurs protéines (et donc par plusieurs gènes). Car l'état même du vivant signifie que les fonctions vitales se répondent en synergie, que toute atteinte à l'une affecte chacune des autres, et qu'elles sont ensemble sensibles aux événements aléatoires de l'environnement. Plutôt que contrôler les réactions vitales, les gènes interfèrent avec elles, et on pèche par simplisme quand on croit décrire la vie en disséquant des objets inanimés qui la composent fondamentalement : le gène, la molécule ou l'ion appartiennent à la vie, participent de la vie, mais leur connaissance, aussi élaborée soit-elle, n'est pas celle de la vie. Comme le remarque Paul Ricœur, « depuis la Renaissance, seul le non-vivant est tenu pour connaissable ; le vivant doit donc lui être réduit ; en ce sens toute notre pensée est aujourd'hui sous la domination de la mort... ». On peut tenir pour certain que l'énorme labeur qu'accomplit la biologie moléculaire n'aurait pu se satisfaire de la passion naturaliste : il y fallait plutôt la logique froide et agressive des nouveaux dissecteurs du vivant, toute de certitudes dans la belle rigueur que confère le déguisement de la vie par la chimie. L'efficacité de cette démarche impitoyable n'est pas contestable. Les molécules traquées sont isolées, dévoilées, réduites en menus fragments ; on les montre sous toutes les coutures, on les résume par des formules conventionnelles et, suprême impudence, on les fabrique à la chaîne et en quantité, comme s'il s'agissait de vulgaires objets de commerce. Mais cette science-là n'accumule que ce qui fut mis au jour par les hommes en fonction de certains besoins des sociétés, et par là se trouve à la fois partielle et partiale. Partielle en ce que les résultats ne concernent que le champ de ce qui fut cherché, partiale puisque nul ne peut plus prétendre que l'activité scientifique est indemne de pressions idéologiques, sociales, politiques. Cette dépendance devient menaçante quand la biologie moléculaire prétend expliquer ce que nous sommes et identifier les racines génétiques de la déviance. On peut alors s'interroger sur la « divergence fondamentale » que Rostand constatait entre biologistes et physiciens, les premiers étant supposés plus vigilants quant aux dangers de l'énergie atomique : « Alors même que l'ingénieur et le biologiste disposent de la même somme d'information, et qu'ils sont tous deux d'esprit honnête, pareillement soucieux du bien public, ils ne peuvent qu'ils ne composent différemment leurs espoirs et leurs craintes [...]. Si les biologistes étaient les maîtres [...] par leurs vétilleuses exigences de sécurité, par leurs incessantes objections de conscience, par le raffinement de leurs scrupules, ils exerceraient une action un peu trop contrariante sur le développement de l'industrie atomique. »

Dans cette profession de foi, Rostand fait l'impasse sur la première grande période des généticiens, artisans acharnés de l'eugénisme jusqu'à la Seconde Guerre mondiale... Mais il est vrai que, déjà, ces zélateurs de l'amélioration humaine n'étaient pas vraiment des naturalistes. Alors, l'évolution récente du biologiste en ingénieur du vivant l'empêchera de « veiller assez jalousement sur les secrètes molécules en qui tient tout le destin de l'homme ». C'est pourquoi, comme l'avait pressenti Jean Rostand, le contrôle de la société sur le développement scientifique revêt désormais une importance cruciale.

Sur la science

« Nulle part l'esprit ne manifeste mieux
sa puissance que là où il s'exclut
pour tâcher de se comprendre. »

RECHERCHE

La recherche scientifique est, selon Rostand, la « seule forme de poésie qui soit rétribuée par l'État ». Tant qu'elle n'est pas gangrenée par l'impératif productiviste, la recherche est un jeu de la vérité où les lenteurs de l'approche font d'autant plus désirable l'irruption de la découverte. Aussi « il convient que la vérité ne se dénude que peu à peu ; elle ne saurait nous faire grâce d'un seul de ses voiles ». Pourtant l'issue de ce *strip-tease* est souvent incertaine, comme dans tout processus où compte le hasard : va-t-elle se dénuder entièrement, ou seulement revêtir un déguisement nouveau ? Et si elle vient à moi suffisamment nue, ne vais-je pas découvrir quelqu'une déjà possédée ? L'inconnu de la vie attise sa séduction, d'où le défi qu'imagine Jean Rostand : « Tu ne me chercherais pas avec autant de ferveur – pourrait dire la vie au biologiste – si tu étais sûr de me trouver… »

Dans de nombreux écrits, Rostand fait l'apologie de cette vérité qui naît des faits d'observation quand on parvient à les structurer en une compréhension nouvelle. Et il célèbre « l'orgueil enivré du chercheur devant l'éblouissante virginité du réel » : « Un fait nouveau, si ténu soit-il, c'est chose considérable, définitive, et qui participe à une manière d'absolu [...]. Gratitude envers la vérité qui nous a attendu ! envers nos devanciers qui furent assez généreux de nous en laisser la primeur [...] pour l'instant nous sommes seuls à la posséder. Nous détenons provisoirement le secret. Sur cet unique point, nous en savons plus que tout le reste des hommes ! »

C'est la forme moderne d'organisation de la recherche scientifique qui a imposé l'usage du mot « chercheur », revendiqué par Rostand. « Beau mot que celui de chercheur, et si préférable à celui de savant ! il exprime la saine attitude de l'esprit devant la vérité : le manque plus que l'avoir, le désir plus que la possession, l'appétit plus que la satiété. » Pourtant, de nombreux chercheurs, surtout parmi les plus spécialisés, n'acceptent pas que leurs petites vérités soient révisables, et peuvent aller jusqu'à les édulcorer, car « le savant n'a pas pour la vérité le respect que le public lui attribue. Souvent il gonfle son œuvre personnelle, il oublie volontairement un devancier, il truque un peu sur une priorité... ». Rostand insiste sur ce que doit être la « vraie science » : elle « ne supprime rien, mais elle cherche toujours et regarde en face et sans se troubler les choses qu'elle ne comprend pas encore ». C'est pourquoi il faut honorer le vrai d'aujourd'hui, même en admettant que de nouvelles vérités pourraient le réduire à l'état misérable du faux. « Sur ce mot de vérité, il faut d'ailleurs s'entendre. La vérité que je révère, c'est la modeste vérité de la science, la vérité relative, fragmentaire, provisoire, toujours sujette à retouche, à correction, à repentir, la vérité à notre échelle ; car, tout au contraire, je redoute et je hais la vérité absolue, la vérité totale et définitive, la vérité avec un grand V, qui est à la base de tous les sectarismes, de tous les fanatismes, et de tous les crimes. » Si la « vérité à notre échelle » est nécessairement limitée et relative c'est aussi que « de par la constitution de son appareil cérébral », l'homme serait « voué à ne pas dépasser un certain niveau de compréhension ». Ce regard objectif et modeste sur la capacité humaine est bien sûr étranger à la pensée mystique mais demeure aussi chose rare parmi les scientifiques, tellement les uns et les autres s'accordent pour surestimer l'*Homo sapiens* considéré tantôt comme la seule divine parmi les créations de Dieu, tantôt comme la créature capable d'annihiler l'idée même de Dieu. Ce faisant, on avalise ici le refus de mieux connaître le monde, et là l'illusion qu'on pourrait le savoir entièrement. Pourtant l'ignorance a la peau plus dure que nos méninges. C'est parce que Rostand refuse d'accorder à l'homme des vertus messianiques qu'il restitue à notre espèce sa véritable place dans une évolution animale qui n'a aucune chance raisonnable de croiser la perfection. Et il pose la question : « De par la condition de son appareil cérébral, l'homme n'est-il pas voué à ne pas dépasser un certain niveau de compréhension ? » Ou encore : « Pourquoi voudrait-on que l'homme soit capable de tout connaître, de tout comprendre, de ce qui l'entoure et de lui-même ? Croire cela est déjà, me semble-t-il, postuler toute une philosophie de l'homme, et admettre une sorte d'accord, de connivence préalable entre le cerveau humain et l'ensemble de la réalité. » Cette attitude n'est pas sans conséquence car c'est bien l'incrédulité devant nos limites intellectuelles qui pousse aux situations irréversibles, avec la tranquille certitude que nos descendants sauront s'en débrouiller. C'est pourquoi, « Sachons réduire à leur juste mesure nos triomphes d'apprenti, sachons mettre une sourdine à nos ivresses de pygmée », demande Rostand quand il avoue son « incompréhension effarée » devant les énigmes auxquelles la science est confrontée, et admet : « Ce qui me paraît inconcevable à la lueur du peu que je crois savoir pourrait cesser de me le paraître à la lumière de tout ce que j'ignore. » Le goût de Rostand pour de telles acrobaties du sens, inspirées par son agnosticisme fondamental et son pessimisme flamboyant, semble contredire sa révérence soutenue à la vérité. Mais, connaître que chaque vérité est relative n'est pas en diminuer la grandeur, de même que savoir la subjectivité de l'amour n'empêche pas d'être absolument amoureux. Ainsi Rostand constate : « Rien de plus vain que les grands débats de philosophie biologique : origine de la vie, évolution des espèces, finalité… On ne sait rien, et l'on s'égosille pour des erreurs… », et il conclut : « La différence est entre les téméraires qui croient qu'ils savent et les sages qui savent qu'ils croient. » C'est peut-être pourquoi Rostand célèbre les découvertes les plus simples, tant leur évidence est incontestable : « Un savant amateur pyrénéen […] avait découvert une nouvelle espèce de Rhizotrogue, et cet homme modeste et doux, qui avait donné son nom à un être vivant, devait longtemps m'apparaître comme l'une des images les moins équivoques de la gloire. » Mais ce doute qui poursuit Rostand en toute chose ne l'amène pas aux concessions de facilité, comme celle qui consisterait à remplacer l'insuffisance scientifique par les explications magiques : « Ce ne peut être le rôle de la science que de passer la main à la métaphysique. Il sera toujours temps de se rabattre sur le mystère : attendons au moins quelques milliers de siècles… » En attendant, le biologiste croit à la vertu éducatrice du vrai relatif et il souhaite que, dans ses livres, « on respirât un peu ce goût inconditionné du vrai – du vrai souple et vivant qui ment à son nom dès qu'il se pétrifie en certitude ». C'est pourquoi il proclame la suprématie de la liberté sur la vérité : « Même la Vérité, je n'en voudrais pas pour dictatrice, car il pourrait arriver qu'elle méconnût ses vrais serviteurs. » Instruit par l'histoire des sciences sur la vérité relative de chaque découverte, estimant qu'il n'est aucune raison pour croire que l'homme pourrait un jour comprendre le monde, Rostand ne pouvait que se méfier de tous les sectarismes.

Progrès

Pourtant, Rostand se laisse parfois aller à l'ivresse, fréquente chez les chercheurs, en proclamant que « sur le plan scientifique, nous avons droit, dès aujourd'hui, à un optimisme total : l'avenir sera semé de merveilles, il regorgera de prodiges… ». Un tel optimisme, n'est jamais retrouvé quand sa pensée s'exerce à d'autres thèmes que celui de la biologie, et il est bien souvent démenti sur ce thème même… Ainsi quand Rostand déclare que « sur tous les points qui nous importent, la science a fini de nous instruire. Ou déjà elle sait tout, ou jamais elle ne saura rien ». La connaissance qui résulte de l'activité scientifique, malgré les « victoires » bruyamment célébrées, reste encore bien modeste au regard du champ infini du connaissable. Il faut convenir qu'on ne sait encore presque rien, mais aussi que ce presque rien-là n'est pas n'importe lequel puisqu'il dépend des recherches qu'on a choisi de mener, et pas d'autres recherches qui eussent été possibles. Alors la connaissance se trouve simultanément amputée de deux qualités : l'exhaustivité et la neutralité. Au regard de la connaissance humaine, besogneuse et handicapée, l'inconnu de la nature a décidément belle allure.

Conscient des limites qui affectent notre capacité à connaître le monde, Rostand est aussi conscient de l'infinie complexité du monde. À l'occasion d'une critique sur les régimes alimentaires, il s'indigne : « En partant d'idées aussi fragmentaires que théoriques, on veut nous priver de ceci ou cela [...]. Mais est-on bien sûr de savoir précisément ce que l'on fait par ces suppressions ? Est-on bien sûr que ceci ou cela, par quelque mécanisme indirect et insoupçonné, ne compense pas, et au-delà, le fâcheux effet dont on l'incrimine, et que sa suppression en fin de compte n'ira pas juste à l'encontre de ce qu'on recherche ? [...] Je suis porté à suspecter, dans les réactions de l'organisme humain, une si grande complexité que je doute qu'on les puisse prévoir avec certitude. » Tout fumeur, contraint de renoncer à sa déplorable habitude sous les harcèlements des familiers, connaît bien les conséquences des simplifications terroristes : suite à cette décision « sanitaire », son corps enfle et son cerveau se dessèche ; certes, ses poumons régénèrent lentement, mais d'où vient cette prétention arrogante pour affirmer que l'abandon de la drogue lui fut en tout bénéfique ? Nul, et pas même l'ex-fumeur, ne peut démêler où est le mieux dans ce fouillis physiologique et mental. Et les mêmes démonstrations simplistes s'appliquent aux sujets les plus graves, comme si de tenir un fil permettait de croire qu'on connaît l'écheveau. Ainsi a tendance à raisonner le généticien moléculaire quand il admet que l'introduction d'un

« bon » gène dans un organisme déficient ne peut que restaurer la santé, ou alors demeurer sans effet, ignorant l'éventualité que ce pansement du génome pourrait en perturber l'expression.

Pourtant, Rostand affirme aussi qu'« on ne peut s'opposer à la marche de la science, et tout ce qu'on doit espérer, c'est que ses progrès soient utilisés par l'Homme de la façon la moins dommageable à l'Homme, tant sur le plan matériel que sur le plan moral ». Par cette affirmation, plutôt banale, Rostand paraît céder au scientisme ordinaire qui admet que la science est neutre, que ses progrès sont prioritaires et sans péril et qui ne se soucie pas des motivations de l'industrie scientifique ou du caractère de la science qui en découle. Pour Rostand, la foi en la science n'est pas seulement un moyen de connaissance, elle peut aussi s'opposer à l'absurdité de la vie, à la manière d'une religion. Ainsi à propos de la congélation des morts qui est « tout au moins une chance de survie, un billet pour l'immortalité [...]. Où est le risque ? Un cadavre n'a rien à perdre : au pis, il resterait cadavre. C'est, en somme, une sorte de pari de Pascal fondé sur la foi en la science ». Ailleurs, il tient un discours plus prudent, comme quand il critique respectueusement Teilhard de Chardin, « cet extraordinaire catholique scientiste, qui voit dans la recherche une forme d'adoration et souscrit au rêve renanien d'une religion de la science ». Parce que Teilhard affirme que « rien n'empêchera jamais l'homme (poussé qu'il est en cela par une urgence intérieure d'ordre cosmique) d'aller au bout de ses puissances de recherche et d'invention ». Rostand indique que lui-même « ne place pas en l'homme cette *urgence intérieure,* cette mission cosmique ou divine qui, pour le philosophe chrétien, doit sanctifier toute entreprise de l'homme sur l'homme, parce que, pour moi, il n'est pas d'autre sacré que l'humain ». Ce discours d'il y a trente-cinq ans est très en avance sur l'état courant de la réflexion, particulièrement chez les idéologues du progrès scientifique, conçu comme source unique et obligée du bonheur.

Ayant annoncé ses réserves, le biologiste s'indigne cependant du prestige insuffisant de la science et des scientifiques : « Nous n'avons pas de quoi être fiers quand nous voyons que la mort d'un grand savant a un moindre retentissement dans notre presse que celle d'un fox-terrier de vedette [...], pourtant, un jour viendra où la science, partout, recevra l'attention fervente des foules. » Rostand n'aurait pu imaginer que la foi en la science se développerait jusqu'à un point qui frise l'absurdité, quand l'adversité, pourtant inscrite dans la vitalité de la vie, devient un ennemi qu'on pourrait réduire par la force de l'indignation. Ainsi, et malgré tant de victoires bruyamment annoncées sur les maladies, vient-on d'inventer la protestation des humains contre le mal, même celui qui n'est pas le fait des hommes ! On court dans les rues pour démontrer son opposition à la myopathie, on marche avec des banderoles pour signifier son refus du Sida, on fera bientôt grève contre la mucoviscidose… Le virus redouté ou le « mauvais » gène sont fustigés comme le sont (l'étaient ?) les patrons, les dictateurs, les pays ennemis. Serait-ce qu'on prête au virus ou au gène l'aptitude à craindre la colère humaine ? ou qu'on admet que le mal devra nécessairement succomber si telle est l'exigence du plus performant des mammifères ? Certes, ces manifestations orchestrées des angoisses humaines ont pour but de faire pression sur les citoyens et l'État afin de développer encore plus l'effort de recherche médicale. Mais les formes de l'appel et de la mobilisation trahissent l'illusion qu'il suffirait de le vouloir pour obtenir l'état de santé, comme l'exprime par ailleurs la revendication absurde d'un « droit à la santé » plutôt qu'aux conditions susceptibles d'améliorer la qualité de vie. Car, comme tout être vivant, chaque humain est exposé au risque de vivre jusqu'où il rencontrera sa mort ; et s'il est légitime de chercher à orienter, au profit du bien-être, le conflit permanent entre santé et maladie, il est naïf de croire qu'on pourrait supprimer ce conflit, parce qu'il est l'essence même du vivant.

En évoquant la longue impuissance de la médecine, Rostand rappelle que, jusqu'à une période très récente, « on prévenait certaines maladies – variole, typhoïde – par des vaccins, mais on n'en guérissait aucune, ou presque aucune. La plupart du temps, le médecin se contentait d'assister au déroulement du mal en prescrivant de vagues médicaments symptomatiques – potions, sirops, etc. – auxquels il ne croyait guère lui-même et qui avaient surtout pour but de donner au patient l'illusion d'une activité thérapeutique ». Mais, ajoute-t-il, « on peut dire sans outrance que l'ère des maladies infectieuses est aujourd'hui dépassée. Sans doute, sommes-nous encore impuissants contre celles que produisent les infra-microbes ou virus [...] mais on peut espérer qu'un avenir prochain nous donnera le moyen d'en triompher... ». Un tableau aussi indiscutablement positif suffit à fasciner nombre de nos contemporains qui se prennent à croire que rien ne demeurera impossible à la science médicale, même si, en particulier du côté des virus, la médecine est bien mise en difficulté.

Mais, au-delà des maladies, Rostand remarque que les

conquêtes de la biologie « laissent à peu près intactes les formidables énigmes de la vitalité. Les trois problèmes cardinaux de la biologie – problème de la formation de l'être, problème de l'évolution des espèces, problème de l'origine de la vie – sont à peine effleurés par les chercheurs » et il note ce qu'il y a « de superficiel et de spécieux dans cette magie qui est la nôtre » puisque « tout le pouvoir du biologiste est impuissant à créer une cellule [...]. Nous combinons, nous transposons, nous interposons, nous intercalons ; mais toujours nous profitons. de ce qui existe, toujours nous exploitons la puissance vraiment créatrice du vital [...]. C'est la vie anonyme qui fournit le principal du spectacle ». Rostand commentait le constat de Montesquieu : « Nous avons été bien loin pour des hommes », en demandant : « Ne prenons pas des airs de demi-dieux ou même de démiurges, là où nous n'avons été que de petits sorciers. » Sa foi scientifique n'est jamais entamée, mais il avoue : « Une compréhension exhaustive du vital me semble aujourd'hui beaucoup plus ardue qu'elle n'apparaissait à ma ferveur juvénile. Plus longuement, plus assidûment on a vécu en familiarité avec les choses vivantes, et plus on se sent dépassé, confondu, interdit [...]. Oui, interdit par cette vie munificente, aux foisonnantes ressources, qui procède presque toujours autrement que ne l'aurait prévu notre petite logique humaine, par cette vie qui sans cesse met en défaut notre vocabulaire rationnel et résiste à se laisser enfermer dans nos concepts descriptifs ou normatifs [...] par cette vie que nous prétendons imiter avec nos ferrailles truffées de feedback, mais qui, dans le dernier de ses protoplasmes, met plus d'industrie et d'art que dans nos buildings calculateurs, par cette vie qui s'entend à placer dans un globule d'albumine transparente ce que l'homme serait inapte à faire tenir dans une usine, qui loge dans le minuscule cerveau d'une abeille la mémoire d'une danse langagière. »

Belle leçon de modestie que devraient méditer les modernes anatomistes de la molécule d'ADN, plutôt que de promettre une « carte du génome » humain, alors que le catalogue en préparation ne correspondra à aucun être humain puisque, selon leur propre théorie, ce sont justement les innombrables écarts à cette carte mythique qui supportent l'identité génétique, laquelle n'est qu'une information relative sur l'identité de la personne... Le triomphalisme des généticiens du moléculaire est-il le symptôme de leur « ferveur juvénile » ou, plus gravement, de leur mépris délibéré de la complexité du vivant ?

Nous voici donc bien démunis, et dans un univers démesuré, ou en tout cas hors de notre mesure alors que la recherche scientifique nous apporte chaque jour son lot de nouveautés ; si la vie matérielle s'en trouve le plus souvent facilitée, l'idée que nous nous faisions de notre place au monde reflue sans cesse vers plus de modestie. D'où ce paradoxe d'un pouvoir illusoire chanté par le scientisme alors que la connaissance ne croît qu'en montrant ses limites. Rostand en déduit une nouvelle tâche : « La science est allée trop loin maintenant pour s'arrêter en chemin, et l'on doit attendre qu'elle ajoute à sa rude doctrine des méthodes qui prépareront les âmes à la recevoir. Il ne suffit pas, en effet, qu'elle nous enseigne notre néant, il faut qu'elle nous rende capables de le tolérer [...]. Il ne suffit pas qu'elle nous dépouille du sentiment de notre liberté, il faut qu'elle règle le fonctionnement de notre machine de telle sorte que nous nous acceptions pour machine. » À ceux qui reprocheraient le pessimisme qui soutient ce vœu, Rostand saurait répondre avec son élégance habituelle : « Je ne puis admettre que seules les opinions consolantes aient droit à l'expression », ou encore : « Il y a des personnes qui m'ont dit avoir trouvé du réconfort en mes livres. J'en suis toujours un peu surpris mais n'ai point sujet de croire qu'elles m'aient trompé... »

Rostand chercheur

La sophistication des outils de recherche, la réunion de chercheurs sélectionnés et spécialisés dans des lieux hautement performants, l'accumulation rapide de connaissances fragmentaires peuvent exercer une fascination de pouvoir dont Rostand n'était pas dupe. Ainsi, dans sa réponse au discours de Louis Armand à l'Académie française (1964), il reproche au physicien d'affirmer que « ni la solitude du pouvoir ni celle du laboratoire ne peuvent aboutir à des résultats décisifs », et il assure : « Permettez, Monsieur, à l'un des derniers artisans de la science de rappeler, en cette époque où, indéniablement, la recherche tend à se faire collective, que c'est quand même à des chercheurs solitaires qu'on doit la pénicilline et la compréhension du langage des abeilles [...]. Il ne faudrait pas me pousser beaucoup pour me faire dire que certaines découvertes, et parmi les plus inattendues, ne peuvent être faites que dans le calme et l'indépendance de la solitude. » Rostand montre aussi que des recherches ne sont pas jugées dignes d'intérêt par les laboratoires officiels malgré, ou à cause, du regard nouveau qu'elles exigent, alors que les enjeux restent obscurs. Ainsi des recherches qu'il mena sur l'« anomalie P », malformation qui atteint les grenouilles en contact avec certains poissons, et dont il ne parvint pas à comprendre parfaitement le déterminisme : « Je pense que l'étude des étangs à monstres était de celles qui convenaient tout particulièrement à mon tempérament de chercheur et à l'indigence des moyens matériels dont je dispose. Ne voulant que patience, persévérance, ténacité, elle était bien faite pour tenter un artisan de la biologie, travaillant en solitaire et à l'écart des laboratoires officiels. Non seulement une telle recherche était à la portée d'un chercheur de ce style, mais j'irai jusqu'à dire qu'elle n'était possible qu'à lui. Dans quel laboratoire subventionné aurait-on pu accepter de consacrer tant de peines et de temps à une étude si hasardeuse, d'issue si problématique ? Ajouterai-je que cette recherche avait pour moi l'attrait de confirmer l'une de mes vieilles idées : j'ai toujours pensé qu'il y avait encore, dans la nature, de beaux phénomènes à découvrir. »

Nombre de ses prévisions ont été confirmées mais d'autres sont restées sans effet. À propos de la parthénogenèse, ou reproduction sans mâle, il écrit qu'« il n'y aurait rien d'étonnant à ce que cette découverte fût la plus prochaine d'entre celles qui doivent bientôt atteindre notre espèce, et qui, peut-être, la prendront au dépourvu ». Ce pronostic, depuis démenti, provient d'un spécialiste qui cherchait à contrôler le développement parthénogénétique chez la grenouille. Rostand avait inventé, à ces fins, le « bain glacé » pour induire la gynogenèse ou parthénogenèse par le sperme : dans des travaux de 1934, il montrait que des ovules de crapaud fécondés avec du sperme de grenouille évoluaient en larve de crapaud pourvu que, grâce à cet effet du froid, le nombre des chromosomes maternels (ceux de l'ovule de crapaud) se trouve doublé. Ainsi l'embryon n'héritait pas des chromosomes paternels (ceux du sperme de grenouille) et le spermatozoïde n'intervenait que comme activateur de l'ovule. Rostand rechercha aussi comment le spermatozoïde est capable de réguler le début du développement et conclut à la présence, dans le gamète mâle, d'un « principe régulateur », complémentaire du patrimoine génétique apporté par les chromosomes. Dans des communications à la Société de biologie, en 1924 et 1928, Rostand indique avoir « cherché à extraire du testicule de grenouille une substance qui, inoculée dans l'œuf, fût susceptible d'y provoquer la segmentation ». Ainsi obtient-il un effet de la « poudre testiculaire conservée à la température ordinaire depuis trois ans » et « encore active après un chauffage à 70° ». Cependant l'introduction dans l'œuf de grenouille de paramécies, « d'extraits polliniques de provenances diverses, ainsi que des extraits ovulaires, des sucs de méristème, etc. », est sans effet, et Rostand se « propose, à la première occasion, de tenter l'inoculation dans l'œuf de grenouille du virus du sarcome des poules ». On peut imaginer la multitude d'expériences, impliquant des milliers d'œufs à chaque fois, tentées dans le but de cerner et isoler ce principe régulateur. L'échec de Rostand ne préjuge pas de ses qualités de chercheur puisque des travaux récents confirment la présence d'un tel facteur régulateur dans le spermatozoïde humain, et que plusieurs équipes seraient sur le point de le caractériser soixante-dix ans plus tard. Rostand estimait que la parthénogenèse « ne représenterait pas un véritable progrès pour l'humain », quitte à écrire aussitôt : « En tant que biologiste, je souhaite cette réalisation, comme je souhaite la réussite de toute expérience qui accroisse notre pouvoir d'action sur la matière vivante. » Et il admettait que, « dans le cas des ménages stériles par la faute du mari, il serait préférable, pour celui-ci, de devoir un enfant à la parthénogenèse qu'à une insémination artificielle pratiquée avec une semence étrangère ». Sur ce sujet tellement proche de ses propres recherches, il fait des vœux : « La question de la parthénogenèse humaine progresserait plus vite si l'on disposait d'une méthode qui permît d'éviter l'acte chirurgical [...]. Ce jour-là, on pourrait même se livrer sans scrupule à l'expérimentation... ». « Ce jour-là » est arrivé puisque les ovules sont extraits en quantités (environ 300 000 chaque année, en France) du corps des femmes demandeuses de fécondation *in vitro*. Mais la parthénogenèse n'est pas d'actualité car, contrairement aux prévisions de Rostand, elle s'est avérée plus difficile, chez les mammifères, que la fécondation *in vitro*, et que son avènement dans l'espèce humaine ne correspond à aucun projet médicalement justifié. Pourtant des travaux actuels de recherche chez l'animal correspondent à la question posée par Rostand pour le mâle, lequel pourrait « lui aussi, échapper à la nécessité de commettre avec autrui son patrimoine héréditaire et prétendre à des descendants qui ne fussent que de lui... » En théorie, la persistance chez le mâle, mais pas chez la femelle, de cellules germinales non différenciées (les spermatogonies) permettrait de générer des individus identiques à un mâle souche par l'injection des noyaux de ces cellules dans autant d'ovules stérilisés... Voilà qui répondrait, mais un peu tard, au véritable projet qui aurait « hanté » Jean Rostand, selon

Denis Buican pour qui la consanguinité répétée des Rostand révélerait un projet de « génération uniquement paternelle », et « cette idée qu'il n'y a que les pères qui comptent est si importante qu'elle va gouverner la carrière d'un savant qui rêvera d'être le fils total de son illustre devancier… ». Si les travaux évoqués devaient aboutir, il faudrait reprendre la question de Rostand : « Aussi bien que des filles de mère, ne saurait-il y avoir des fils de père ? »… et admettre que la « reproduction vierge » serait plutôt l'apanage du mâle.

Dans le domaine de ce qu'on appelle désormais l'« assistance médicale à la procréation » Rostand fut un pionnier en congelant du sperme de grenouille, pendant trois semaines, sans lui faire perdre son pouvoir fécondant, technique vite appliquée à l'espèce humaine. S'il rappelle timidement : « Cet effet protecteur de la glycérine à l'égard du froid, je crois être le premier à l'avoir signalé en 1947 », ce n'est pas tant pour revendiquer une priorité que pour servir l'objectivité indispensable de l'Histoire des sciences. Et il prévoit : « Faire reproduire un être humain très longtemps après sa mort… Le temps cesse d'être un obstacle à la mixture génétique. Après la télégenèse, transport de la semence d'un mâle pour l'utiliser à distance, voici la paléogenèse… » Mais Rostand se trompe quand il ajoute que « la forme spermatozoïde est bien la seule sous laquelle on concevrait que le genre humain pût résister à la frigorification du globe », car, si l'ovule est fragilisé par la cryoconservation, l'œuf fécondé y résiste remarquablement, comme le montre la naissance de milliers d'enfants normaux à l'issue d'une telle suspension du temps.

Rostand rappelle aussi que la gémellité pourrait être provoquée en séparant précocement le jeune embryon en plusieurs parties, comme réalisé par Étienne Wolff qui obtint ainsi des canetons quintuplés. La méthode devait être appliquée aux embryons de plusieurs espèces animales depuis 1960 et proposée dans l'espèce humaine, récemment, sous le nom abusif de « clonage », par des biologistes américains. Évoquant le véritable clonage qu'est la reproduction d'un être « avec des noyaux tirés d'une larve, voire d'un animal adulte », Rostand concluait que « tout grain de chair serait détenteur de vertu séminale »… et imaginait la possibilité du « bouturage humain » dès 1943. La manipulation qu'il envisageait à ce propos fut commentée avec éloge par les grands biologistes français de l'époque, Pierre-Paul Grassé et Eugène Bataillon, et servit de modèle pour Robert Briggs et Thomas King, les premiers à réussir le clonage chez la grenouille en 1952. Beau joueur, Rostand salue la « magistrale expérience » des Américains et reconnaît qu'il est plus facile d'avoir l'idée que de la réaliser : « Il fallait disposer à la fois d'une technique sûre d'énucléation et d'une technique convenable d'inoculation […]. Le point de départ théorique était peu de chose : surtout comptaient la bonne préparation et l'heureuse exécution du travail. »

Il prévoyait aussi l'induction de grossesses multiples par superovulation, mais admettait que « le risque de la tentative serait de dépasser le but, et de faire naître des trijumeaux, des quadrijumeaux, sinon des quintuplés »… Ce risque constitue une des conséquences les plus néfastes des méthodes modernes de procréation assistée, car il s'est avéré effectivement difficile de limiter le résultat à un seul enfant. Enfin Rostand évoque le transfert d'un embryon dans la matrice d'une femelle qui n'est pas sa mère génétique, femelle gestatrice qualifiée aujourd'hui de « mère porteuse ». Ainsi, c'est le plus souvent avec une bienveillante neutralité qu'il dressait, avec quarante ans d'avance, le tableau des méthodes actuelles de procréation médicalisée.

Il était aussi passionné par les possibilités de modifier les individus en provoquant la mutation de certains gènes, ou en « augmentant le nombre de stocks chromosomiques ». Cette dernière manipulation, alors réussie chez des végétaux, est depuis utilisée pour augmenter le rendement de certaines espèces d'élevage comme les poissons puisque les animaux triploïdes ou tétraploïdes sont de taille supérieure. Rostand remarquait que « certains esprits d'imagination prompte prévoient déjà la naissance d'un plantureux *homo gigas* à 96 chromosomes, qui évincerait peu à peu son malingre créateur diploïde ». (Le biologiste attribue ici 48 chromosomes à l'homme normal – diploïde – plutôt que 46, erreur courante dans les écrits de l'époque.)

Dans un de ses derniers ouvrages, *Aux frontières du surhumain* (1973), Rostand traite de divers bricolages du vivant relevant de ce qu'il qualifie de « surréalisme biologique ». Ainsi la greffe de cellules embryonnaires d'un sujet à un autre, ceux-ci pouvant appartenir à des espèces différentes. D'abord pratiquée entre des embryons d'oiseaux, elle a aussi permis de construire des chimères de mammifères (comme le « mouchèvre », alliage de la chèvre et du mouton). Très récemment, on a pu obtenir une descendance de souris mâles dont les cellules germinales (spermatogonies) avaient été greffées dans les testicules d'un autre mâle, où elles peuvent évoluer en spermatozoïdes fécondants. La technique permet donc à un individu de procréer avec ses propres gènes en les faisant transiter par la semence d'un autre… Rostand admet l'intérêt de chimères humaines à des fins thérapeutiques mais il pose que « l'homme ne peut pas jouer avec son être comme il fait avec les créations de son esprit ». Il propose ainsi de « s'aventurer dans un humour un peu macabre » et imagine « qu'un homme, venant de perdre son jumeau, fasse mettre en réserve un jeu d'organes fraternels qui pourraient, éventuellement, lui servir d'organes de secours… ». Ce projet anticipait la proposition du biologiste Robert Edwards, « père » du premier « bébé-éprouvette », de créer, par partition mécanique, un jumeau pour chaque embryon humain conçu *in vitro* : l'un serait transformé en enfant tandis que l'autre, congelé pour longtemps, constituerait une réserve de pièces détachées pour pallier les déficiences physiologiques à venir du premier. Aujourd'hui aisément réalisable, cette méthode géniale et diabolique n'est restée dans les cartons du progrès que parce que aucun patient n'en a encore revendiqué le « bénéfice ».

Rostand qualifie de « phénomènes peu probables » en biologie humaine des événements connus dans le monde animal (exemples : superovulation, polyembryonie, parthénogenèse, etc.) et il imagine des réticences si on voulait les importer dans notre espèce, car « à partir d'un certain point d'improbabilité, un phénomène biologique deviendrait une façon de *miracle* naturel. Il serait difficile d'en accepter la réalité et, davantage encore, de la faire accepter par autrui ». Mais il reconnaît l'existence de « phénomènes transportables » en biologie, désignant ainsi des propriétés animales ou végétales que l'homme pourrait acquérir, comme par injection de l'ADN correspondant, technique qu'on nomme aujourd'hui *transgenèse*. Sur le point de la fiction romanesque de la science, il avoue qu'il « préfère les mystérieux halos de la vérité à toutes les suites trop logiques qu'on en tire… ». Nombre de scientifiques jugent comme lui dérisoires les efforts de la science-fiction pour construire une réalité finie, alors que les objets de recherche, qui sont dans la réalité infinie de la complexité, nous tirent sans cesse à voir plus loin que notre imagination.

Fausses sciences

Amoureux de la vérité, Rostand ne tolère pas qu'on la souille avec des illusions ou des manipulations du vrai. Dans son analyse de *L'Homme cet inconnu* il reproche à Alexis Carrel de se référer aux faits de miracle et souligne que le savant « doit résister à la démangeaison de remplacer le roman théologique par le roman scientifique ». Il affirme avec force : « Qu'il s'agisse de télépathie, de clairvoyance, de prémonition, de métagnomie […]. Je suis entièrement persuadé que tous ces faits sont illusoires […]. Tous sans exception… » Par ce discours, Jean Rostand témoigne d'une assurance largement répandue chez les scientifiques, mais, au contraire de beaucoup, il n'a acquis cette assurance qu'en acceptant d'examiner les faits et se déclare prêt à en examiner de nouveaux. Il reconnaît : « Depuis ma jeunesse, j'ai subi l'attrait des phénomènes dits paranormaux, et même je vous dirai qu'au départ j'étais plutôt enclin à en admettre la réalité… » Rostand justifie son désir d'une telle réalité car « si un seul de ces faits […], je dis bien un seul […], se trouvait réellement démontré, j'estime qu'il pourrait nous obliger à revoir toute notre conception des choses [...], nous nous sentirions moins emmurés, moins coincés par la matière». Il y a au moins trois bonnes raisons pour que le biologiste accepte d'enquêter sur des faits incroyables. L'une tient au respect absolu de la vérité, et donc à la crainte d'en avoir méprisé certains aspects parce qu'ils paraissaient trop étranges. Une autre provient du malaise qui croît avec les évidences administrées par la science orthodoxe, d'où le besoin de se sentir « moins emmurés, moins coincés par la matière ». La science nous enseigne le néant mais, « bien sûr, le mot *néant* n'a guère plus de sens que le mot *Dieu*. Comment voudrait-on que, d'une bouche d'homme, sortît un mot satisfaisant pour l'esprit de l'homme ? ». D'où la quête d'une vérité différente, une vérité qui ouvrirait l'homme au monde et lui donnerait sens, mais en demeurant vérité. La dernière raison pour examiner les faits incroyables, c'est la relativité du vrai factuel : « Impossible d'expliquer ce fait avec les notions présentes. Mais, vingt ans plus tard, on n'aurait plus aucune peine à l'expliquer s'il n'avait, entre-temps, été reconnu faux. »

Rostand évoque les fraudes qu'il a démasquées, en fréquentant dès 1910 la Société d'études psychiques : ainsi le sthénomètre du Dr Joire pour mesurer la « force psychique », Guzik, polonais, « médium à effets physiques », Eva Carrière, « experte en ectoplasme », Erto et « ses lueurs au ferrocérium », le fakir Tahra Bey, « un certain M. Kahn qui prétendait lire à travers les enveloppes cachetées ». Mais, pour chacune de ces victoires de la vérité, on devine sa frustration de ne pas avoir été détrompé de sa méfiance. Rostand assiste « à une foule de séances de clairvoyance, de psychométrie, de métagnomie », il expérimente « avec des magnétiseurs qui s'étaient fait fort d'accélérer, par l'action de leur "fluide", la croissance de bulbes de jacinthe, la germination des graines et le développement d'œufs de grenouille ou de ver à soie », et il conclut : « De tout cela, j'ai retiré une impression extrêmement forte de certitude négative », une bien jolie formule où se lit le regret de la désillusion. Mais Rostand insiste : « Je ne crois pas avoir jamais refusé ni même boudé quoi que ce soit qui ressemblât à l'idée que je me fais d'un fait [...]. Si le prétendu fluide des magnétiseurs avait seulement avancé de quelques minutes la segmentations des œufs de grenouilles, je me serais empressé de mettre le phénomène à l'étude. » Comme on aimerait entendre d'aussi intelligentes paroles dans la communauté scientifique aujourd'hui ! Combien de chercheurs ont répondu à l'invitation pressante de leur collègue, Jacques Benveniste, qui propose de leur faire constater une propriété encore inexpliquée du plus banal des liquides, l'eau ? Face à une telle résistance, on peut rappeler à ceux qui règnent sur l'institution scientifique ce que disait Arago, cité par Rostand : « Je croirais manquer à mon devoir d'académicien si je refusais d'assister à des séances où de tels phénomènes me seraient promis, pourvu qu'on m'accordât assez d'influence dans la direction des épreuves pour que je fusse certain de ne pas devenir victime d'une jonglerie. » Pourtant, « on ne met pas au jour des vérités sans en offusquer d'autres », remarque Rostand, qui observe que « toute découverte recouvre ». C'est peut-être pourquoi on a pu voir des « savants » dans l'ordre intervenir, jusque dans des journaux dotés de rubriques astrologiques, pour se permettre de ridiculiser les recherches sur la « mémoire de l'eau ». C'est une condamnation sans appel de l'astrologie que professe

Rostand, car « ne fût-ce que par souci de la dignité intellectuelle du prochain, on ne peut accepter, de gaieté de cœur, une telle intoxication par la niaiserie ». Mais il serait manichéen de confondre toute observation encore incompréhensible avec de telles « niaiseries », et Rostand se méfie des prohibitions qui viennent d'en haut et du refus de savoir : « S'il est une chose dont je sois sûr, c'est qu'on n'a pas fini de voir des vérités boudées au nom des principes. » Et il va jusqu'à provoquer ceux qui ont trop aisément des certitudes en lançant : « Il m'arrive de me demander si deux erreurs qui se combattent ne sont pas plus fécondes qu'une vérité qui régnât sans conteste. » Pour expliquer les succès contemporains des fausses sciences, malgré les progrès apparents de la pensée rationnelle, Rostand admet que la diffusion de la vraie science a finalement exacerbé « la crédulité des ignorants et surtout des demi-savants… on a tué l'étonnement… » Mais, malgré son indignation de voir trop souvent malmener la vérité, il s'oppose fermement à la répression, car « respecter la liberté de pensée, c'est respecter le droit à l'erreur. Si l'on se débarrassait des fausses sciences par des mesures autoritaires, ce nettoyage serait trop chèrement payé, car c'est tout l'esprit de la vraie science qui pourrait s'en trouver faussé ».

Dans les laboratoires modernes, la démarche scientifique fait l'objet d'une planification collective. Alors « croire au génie du chercheur est un préjugé malsain qui décourage les modestes et encourage les présomptueux » car, remarque Rostand, une découverte ne dépend plus d'une « idée vraiment neuve et personnelle ». Outre la forme d'organisation de la recherche, la nature des expériences induit aussi la qualité du résultat d'une façon qui peut surprendre car « ce sont parfois de petites expériences de quatre sous qui donnent à réfléchir pour des siècles ». Rostand plaçait la biologie au premier rang des moyens de connaissance, car il considérait l'histoire naturelle comme « la meilleure des logiques, la plus sûre école du bien-penser ». Il y voyait l'occasion d'un apprentissage, une façon de « mettre en garde contre tous les dogmatismes verbeux, tous les absolutismes des métaphysiciens, les apriorismes des idéologues » une « leçon de complexité et, pourtant, leçon de modestie intellectuelle, d'humilité en face du réel, qui toujours déborde nos cadres théoriques, excède nos définitions, se joue de nos catégories, met nos syllogismes en échec ». Ayant ainsi exposé la vertu unique des sciences naturelles, occasion de se mieux connaître et connaître le monde, il s'indignait de la « monstrueuse », « scandaleuse » ignorance de ses contemporains « quant à ces faits essentiels que nul ne devrait avoir licence d'ignorer ». Ce souci de voir chacun s'approprier le savoir de son époque a peu à voir avec la fameuse « culture technique » qui, aujourd'hui, fait sacrifier les humanités ou les arts à la fascination technologique. Sans aucun doute la science appartient à la culture, mais c'est pour la connaissance qu'elle apporte de la nature plutôt que par les artifices qu'elle inspire pour la maîtriser. La culture, qui est patience, ne saurait impunément se soumettre à la vitesse de la technique.

PRUDENCE

La quête effrénée de la connaissance dont Rostand était tellement friand l'aurait bien sûr amené à applaudir l'invraisemblable débauche de faits scientifiques venue récemment rompre avec des millénaires d'ignorance. Mais Rostand ne donnait pas carte blanche au développement technoscientifique. Il fut un des premiers et des plus ardents militants à s'inquiéter de l'usage, même civil, de l'énergie atomique, coupable de l'accumulation des « ordures nucléaires »… qu'on « n'a pas encore trouvé le moyen d'éliminer sans risque pour la collectivité ». Trente ans plus tard on ne sait toujours pas éliminer les déchets de l'atome « pacifique », qu'on accumule sans cesse au mépris de la vie des générations futures ; trente ans plus tard, le président du pays de Rostand se croit au-dessus des lois naturelles et humaines en provoquant le monde à Mururoa. Cette menace atomique amenait Rostand à revendiquer la transparence, car « l'obligation de subir suffit à légitimer le droit de savoir ». Que d'efforts les citoyens inquiets du risque nucléaire ont dû déployer depuis pour savoir et faire savoir ! Et devant la résistance à la transparence des bastions EDF ou CEA, qu'ignorons-nous encore que nous serions en droit de savoir ? Rostand n'était pas dupe de l'inefficacité de son combat contre le nucléaire, civil ou militaire, mais il l'estimait « tout à la fois inutile et indispensable, comme disait Jean Cocteau de la poésie ». La même impuissance caractérise tout combat contre la technologie triomphante, parce qu'elle sait allier des intérêts économiques puissants avec l'illusion du vivre mieux qu'elle répand largement. Il ne suffit pas de refuser un tel jugement comme fruit du pessimisme, lequel, selon Rostand, est le sentiment « de la fugacité et de l'inanité essentielle des efforts humains », et qui lui faisait écrire : « Ce que tu redoutes n'arrivera pas, il arrivera pire. » L'humanisme est plus grand chez ce pessimiste forcené que chez les optimistes naïfs ou illuminés, car c'est bien pour défendre une idée de l'humain, et seulement cette idée, qu'on persévère dans un combat « inutile et indispensable ». Certes, Rostand a souvent la dent dure pour ses semblables, comme quand il juge, « ce pauvre singe condamné à faire l'homme » ou qu'il évalue « la seule fierté où l'homme puisse prétendre : être ce qu'il y a de plus compliqué comme assemblage de molécules ». L'angoisse qui le tenaille, il la réduit sous les mots en évoquant « le respect du merveilleux et irremplaçable protoplasme humain qui est la plus haute expression des talents de la nature ».

Ce sont surtout les conséquences de la recherche sur le vivant qui inquiètent le biologiste : « Jamais la science ne s'est encore mise dans le cas d'avoir à revenir sur ses pas. Et pourtant, aujourd'hui, à de certains moments, un léger doute nous effleure… Il advient que nous nous demandions si elle n'est pas au point de toucher à une sorte de limite, au-delà de quoi ses avances pourraient être plus dommageables qu'avantageuses. » Ce discours précautionneux reste exceptionnel parmi les scientifiques et de nombreux zélateurs du progrès classeraient l'auteur de ces lignes parmi les obscurantistes, surtout quand il ajoute : « Dans l'ordre spirituel et moral, il y a peut-être des seuils mystérieux qui ne doivent pas être franchis sous peine de mettre l'animal humain en état de désarroi et de solitude [...], savoir si un certain degré de dénaturation ne va pas entraîner la ruine de valeurs essentielles. » Bien sûr, les « seuils mystérieux » que soupçonne Rostand ne désignent pas les portes d'un territoire de droit divin mais ouvrent sur les régions les plus sensibles et aussi les plus mal connues du vivant humain. C'est donc par humilité, et non par superstition, que le biologiste invite à la prudence. Car cette humilité l'amène à craindre qu'on introduise « dans le vieux jeu de la nature – jeu imparfait sans doute, mais qui a fait ses preuves par la durée – tous les aléas du neuf et de l'artifice ».

Contrairement à une idée convenue, l'impact des propositions de la biologie préexiste à leur usage car « le seul fait qu'une chose soit devenue possible suffit à lui conférer une manière de réalité », écrivait Rostand. Aussi, « d'entre les inventions biologiques, celles-là mêmes qui ne seront pas appliquées ne laisseront pas d'avoir une répercussion sur l'esprit et la sensibilité de l'homme ». Les rédacteurs de la récente loi dite de « bioéthique » devraient bien méditer ces affirmations, eux qui tentent de banaliser, parce qu'elles resteraient « exceptionnelles », les interventions pour trier, dans l'œuf, les meilleurs des humains... Et quel impact peut avoir par lui-même le cumul des nouveautés ? Car « chaque jour [...] un nouveau miracle nous est offert [...]. À peine avons-nous digéré l'une de ces merveilles qu'on nous en propose une nouvelle ! Et non seulement se trouve modifié le monde pratique, le monde de l'action, mais aussi le monde de la représentation, de la pensée. Dans quel univers va-t-on se réveiller demain ! ». Le changement est à ce point intégré dans nos modes de pensée que le futur peut devenir une référence pour le présent. Ainsi « la crédulité, maintenant, s'autorise de l'avenir, non du passé. On ne dit pas : nos pères y croyaient, mais : nos fils y croiront ». L'angoisse ne naît pas seulement de l'accumulation précipitée des techniques mais aussi de la démonstration, sans cesse plus évidente, de la nature exclusivement biologique de l'homme : il est analysable, descriptible et modifiable comme toute autre bête. D'où cette exigence nouvelle : « La science n'a guère fait jusqu'ici, on doit le reconnaître, que donner à l'homme une conscience plus nette de la tragique étrangeté de sa condition, en l'éveillant pour ainsi dire au cauchemar où il se débat… on doit s'attendre qu'elle ajoute à sa rude doctrine des méthodes qui prépareraient les âmes à la recevoir. »

VULGARISATION

Ce qui inquiète Rostand, c'est que « l'homme, demain, va pouvoir plus qu'il ne voulait ou plutôt, il va pouvoir avant de savoir s'il eût voulu pouvoir ». Cet avertissement annonce le constat de Michel Serres : « Il ne dépend plus de nous que tout ne dépende que de nous. » En tout cas, il situe l'inquiétude et les responsabilités bien au-delà du prêt à penser que cultivent les médias, obstinés à ne voir de dangers que là où séviraient des intentions perverses. « Entendons-nous bien dès l'abord sur la sorte d'inquiétude à quoi je songe. Elle ne se confond pas avec la crainte d'une mauvaise, d'une criminelle exploitation de la science biologique, maniée par des charlatans sans scrupule ou des dictateurs inhumains. Elle s'adresse aux seuls progrès de cette science, et alors même qu'ils seraient appliqués dans les meilleurs intentions du monde, par les meilleurs d'entre nous, par les plus humains, les plus scrupuleux. Cette inquiétude, d'ailleurs, n'est pas précisément de l'ordre moral, encore moins de l'ordre religieux ; elle est purement de l'ordre psychologique. » Par cette réflexion, d'une pertinence et d'une audace extraordinaires, Rostand désamorce le discours conventionnel et faussement rassurant qui occulte la réalité dans les débats d'éthique : le problème ne naît pas de la déviance isolée de tel scientifique, mais il est consubstantiel d'un certain ordre préparé par tous, faiseurs et demandeurs du progrès, car nul ne sait « si l'homme pourra, indéfiniment, s'adapter à ce qu'il s'ajoute ». C'est pourquoi une vulgarisation scientifique respectueuse des citoyens ne saurait se restreindre à l'exposé des succès et promesses heureuses de la recherche, en occultant ses limites à comprendre et les menaces nées de son pouvoir.

« Travailler à réduire l'écart entre le spécialiste et la masse n'est point besogne subalterne ; et, quant à moi, je la tiens pour d'autant plus relevée qu'elle regarde plus bas », écrit Rostand dont le premier ouvrage de vulgarisation, publié en 1928, s'intitule *Les Chromosomes, artisans de l'hérédité et du sexe*. Il a expliqué plus tard qu'à cette époque « on ne parlait guère de chromosomes en France, et même la plupart des spécialistes se montraient hostiles à la théorie chromosomique, surtout développée en Amérique par l'école de Morgan ». Il se consacre donc à faire connaître les « révélations » de la génétique américaine car « ces révélations étaient refusées, chez nous, par la plupart des savants officiels, qui les ignoraient ou les présentaient de façon tendancieuse et parfois ironique ». C'est pourquoi, « cédant alors à certaines tendances combatives, qui sont en moi, je résolus d'exposer au public français les grandes vérités qu'on lui avait tenues cachées jusqu'à ce jour. Il s'agissait pour moi surtout de faire partager une admiration personnelle ». Car pour Rostand, l'émotion est indispensable à l'action pédagogique : « Un ouvrage scientifique doit tendre à la fois à instruire et à émouvoir [...], communiquer l'émotion biologique. » Nous voilà loin des machines froides, tableaux synoptiques, jeux interactifs, et autres gadgets lumineux ou boutonneux, par quoi on prétend éveiller les esprits à la science, dans les musées spécialisés.

Rostand s'indignait « que des gens se puissent croire cultivés alors qu'ils ne savent rien du principal », et y voyait le signe d'une sorte de « barbarie intellectuelle ». Il constatait que « même la littérature de notre temps semble parfois pâtir d'être restée à l'écart du mouvement scientifique [...]. L'écrivain n'est-il pas apte à tout connaître sans rien savoir, pour peu qu'il possède le flair, l'intuition, les « antennes », grâce à quoi il appréhende directement le réel et arrive, de prime saut, à des conclusions où ces lourdauds de savants n'atteignent – s'ils y atteignent – que tout essoufflés, à bout d'expériences, de mesures ou d'équations »... Mais, revendiquant encore l'émotion naturaliste, on peut aussi l'imaginer torturant sa belle moustache blanche pour lancer, provocateur, aux « soi-disant cultivés » : « C'est vrai, je ne connais guère le Louvre, je ne fréquente ni les musées, ni les cathédrales, je me désintéresse des plus hautes créations de l'art. J'ignore presque tout de ce qui excite l'enthousiasme des connaisseurs... Mais vous, connaissez-vous les yeux des perles, le ventre des copris, les ailes des caléoptérix ? » Aux questions, même les plus élémentaires, sur l'intimité de la nature, l'intellectuel citadin serait bien en peine de répondre, mais le biologiste « moléculaire » ne ferait pas meilleure figure. Il n'est pas certain que les formes modernes de ce qu'on nomme « culture scientifique et technique » répondent à ce vœu de faire savoir le « principal ». La compétition pour séduire que se livrent les médias les éloigne toujours plus de leur prétention à instruire et les condamne à de navrantes surenchères. Malgré son naturel affable, Rostand s'indigne de la légèreté avec laquelle certains journalistes abordent les sujets scientifiques et raconte : « Il y a quelques mois, un jeune journaliste [...] me demandait : "C'est bien vous qui avez fabriqué un veau ?", du même ton dont il eût demandé : "C'est bien vous qui avez publié tel livre ou exposé tel tableau ?" » Face à la grossière exploitation des nouveautés technologiques que pratique souvent la presse, les institutions sérieuses répondent par la construction de temples dédiés à la science où des dispositifs exubérants tentent d'hypnotiser le visiteur, comme par une autre « barbarie intellectuelle ». La conception de la vulgarisation scientifique chez Rostand « va tout à l'opposé de l'aristocratique conception renanienne, suivant laquelle une poignée de "sachants" tient sous sa tutelle une multitude inculte ». C'est pourquoi Rostand participe, à partir de 1954, aux conférences organisées sur le lieu de travail par l'association « L'université à l'usine » dont il est membre du comité exécutif. Et il revendique la fonction démocratique de cette action : « Acceptons donc résolument, courageusement, ce vieux mot, consacré par l'usage, de « vulgarisation » en nous souvenant que *vulgus* veut dire peuple et non point le vulgaire. » Ainsi, pour Rostand, la vulgarisation est une entreprise de « dépaupérisation intellectuelle et, partant, de libération ».

Il ne s'agit pas seulement d'enseigner des connaissances nouvelles parce que ces connaissances participent à l'épanouissement intellectuel, au même titre que la littérature ou la poésie. Rostand veut aussi armer les citoyens pour qu'ils participent pleinement aux choix de société. Alors, la vulgarisation est une « tâche d'autant plus difficile que la science s'agrandit et se complique, mais aussi, d'autant plus nécessaire que la science augmente ses pouvoirs et davantage intervient dans notre vie [...]. On n'a pas le droit de répandre dans l'atmosphère des particules radioactives sans répandre, en même temps, des notions sur la structure de l'atome. Et ainsi, pour tout le reste ». Ce principe vaut évidemment pour les perspectives ouvertes par le pouvoir génétique car, si la physique nucléaire a créé les moyens de détruire le monde, la génétique moléculaire donne ceux de changer l'espèce.

Maîtrise

Puisque la biologie « ne saurait imposer ni même suggérer une doctrine », ce n'est pas aux chercheurs de dire l'éthique, ou aux biologistes et médecins de dire la « bioéthique ». Cependant Rostand pousse plus loin la question en s'interrogeant sur les bases du choix éthique, quand bien même il serait proposé par des instances étrangères au milieu scientifique : « Au nom de quoi déciderons-nous ce qui est souhaitable, acceptable, licite ? Sur quels critères fonderons-nous les choix qui vont engager l'avenir ? » Il estime qu'il n'y a pas de solution d'ensemble mais, pour chaque proposition, « il nous incombera, le moment venu, d'improviser la solution, en tenant compte de l'état des esprits, de la mentalité collective, de la conjoncture sociale et morale. Point de règle absolue en cette sorte d'affaires, point de norme dogmatique, point de « recette morale » [...]. À chaque décision, il nous faudra affronter le risque de l'erreur et de la faute. Nous aurons peut-être un jour des machines à penser, mais nous n'aurons jamais de machines à dire le devoir...

Non seulement le choix est souvent difficile mais son principe même est critiqué et Jean Rostand souligne la difficulté d'un contrôle du développement scientifique : « En face du nouveau qui nous choque, que valent nos effarements, nos répugnances, nos réticences ? Ne sont-elles que temporaires, parce que liées au préjugé et à l'habitude ? Ou expriment-elles, cette fois, la plainte, la meurtrissure du tréfonds affectif ? Tant de fois nous avons refusé l'*antinature* pour l'adopter ensuite que les champions du neuf à tout prix, que les progressistes intégraux ont beau jeu à compter sur notre puissance illimitée d'adaptation. » Trente-cinq ans après, ce pronostic s'est largement vérifié puisque l'espèce humaine s'est accommodée de pratiques inconcevables il y a peu. Malgré sa confiance dans le progrès biomédical, et en notre adaptabilité, Rostand n'aurait pas imaginé que, bien avant la fin du siècle, près d'un enfant sur cent serait conçu hors du corps, comme il est d'usage chez les grenouilles, ou qu'un sur trois cents devrait sa présence au monde à l'intervention d'un donneur de sperme, ainsi qu'il arrive chez certaines punaises, ou encore qu'un sur trois mille serait issu d'un embryon d'abord conservé inerte pendant des mois comme celui du chevreuil ou du blaireau.

Faisant allusion aux recherches menées en neurobiologie, Rostand observe que « ce n'est pas une science comme les autres que celle qui, à la limite, pourrait changer l'organe où se fait toute science », et il conclut sagement : « En attendant que l'homme ait plus de neurones dans son cerveau, il n'a d'autre ressource que de mettre dans son jeu le plus de cerveaux possibles. » Voilà, en effet, le seul moyen pour contenir les innombrables savoirs spécialisés qui s'impatientent dans les laboratoires de pointe. Un peu comme si on substituait au savant d'antan, artisan considérable de l'esprit aux savoirs variés, une collection de spécialistes pointus, et, pourquoi pas, de citoyens curieux et sages. « Un jour viendra, je le crois fermement, où nous serons aussi étonnés d'avoir pu avoir des hommes politiques pour seuls maîtres que nous le sommes aujourd'hui à l'idée qu'on avait jadis des barbiers pour chirurgiens… » Rostand ne refuse pas la démocratie parlementaire mais il craint que l'information des décideurs soit insuffisante ou orientée. Il précise que « les psychanalystes auront leur mot à dire. Ils nous éclaireront sur les risques que pourraient entraîner, pour notre santé mentale et instinctuelle, certaines applications prématurées des trouvailles de laboratoire ». Car « l'avenir n'a pas forcément raison ». La science a pour fonction de découvrir les causes des phénomènes qu'elle étudie mais elle peut s'abstenir de leur découvrir un sens. À l'époque où le territoire scientifique, non délimité, côtoyait celui de la philosophie, le chercheur, alors dénommé « savant », s'emparait des causes qu'il révélait pour leur attribuer une signification. La spécialisation et la focalisation des recherches amènent le scientifique à limiter son attention à l'objet étudié, en négligeant de plus en plus la relation de cet objet à la nature par laquelle il existe et au sein de laquelle il intervient. Tant que cette activité de recherche est en cours de développement au sein des laboratoires, elle n'attire pas l'attention des citoyens et c'est seulement au moment où les scientifiques démontrent un pouvoir d'action sur le monde que les risques liés à leur démarche apparaissent. Ainsi pour la bombe atomique ou l'accident de Tchernobyl, pour le sang contaminé ou les excès de la procréation médicalisée. Alors interviennent dans l'espace public des revendications de contrôle, des velléités d'orientation, suscitées par la carence du sens soudainement révélée. L'institution technoscientifique se trouve donc, de temps à autre et pour un secteur donné, sous le regard d'experts « extérieurs » qui n'ont pas pour fonction d'apporter à l'édifice de la causalité mais de découvrir des significations cachées ou des conséquences encore impensées. Ainsi peut-on lire le rôle aujourd'hui des sociologues, philosophes ou psychologues auprès des chercheurs, particulièrement là où le progrès technoscientifique est notoirement associé à des risques pour l'humanité. Les scientifiques acceptent désormais de s'entourer de ces experts d'un nouveau type, soit qu'ils prennent conscience de leurs propres limites, soit qu'ils se trouvent anxieux d'être ultérieurement accusés d'aventurisme, soit encore qu'ils cherchent à faire taire la critique prétendant qu'ils s'arrogeraient des pouvoirs démesurés… Alors on peut, avec Rostand, rêver à cette reconstitution du savant d'antan dont la compétence se trouverait distribuée entre plusieurs têtes à l'occasion d'une telle collaboration. Et le danger potentiel se trouverait limité, malgré la complexité croissante des productions scientifiques, grâce à une réflexion sociale permanente, de qualité équivalente à celle de l'exploration des causes. Là où le bât blesse, c'est quand une hiérarchie s'établit entre ces deux familles d'experts, ceux de la paillasse dominant sans vergogne ceux du dehors. Pourtant, si le but de l'activité scientifique est d'augmenter le bien-être des humains, on devrait reconnaître la fonction dominante du sens sur la connaissance, et la société devrait alors déléguer des représentants critiques au sein de l'institution scientifique avec mission d'observer, conseiller et rendre compte. Or la prééminence des sciences dures sur les sciences molles est telle que c'est l'inverse qui arrive : le « vigile du sens » est considéré, par les chercheurs, d'abord comme un objet exotique et divertissant, puis comme un empêcheur de chercher en rond.

Dans un but de maîtrise du progrès, Rostand propose que les sciences se contrôlent les unes les autres, « la science la plus proche de l'homme devra avoir le pas sur la moins proche, la science de la vie sur la science de la matière, la science de l'esprit sur la science de la vie ». Ce n'est pas exactement ainsi de nos jours où on ne reconnaît souvent comme « science » que celle qui vient des laboratoires, et plutôt sa tendance la plus moléculaire, et où on tend à nier toute valeur scientifique aux savoirs acquis hors l'étude de la matière. Ainsi disposons-nous de comités pour dire l'éthique, où les scientifiques sont d'autant plus influents que leur spécialité est justement de celles qui font naître les plus graves inquiétudes… Rostand prédisait, il y a quarante ans, l'essentiel des dispositions législatives récentes : l'expérimentation sans bénéfice thérapeutique pourra être légitime « si elle porte sur des sujets consentants, des volontaires informés, entièrement libres de l'accepter ou de la refuser, encore qu'il faille toujours craindre que des motifs d'ordre pécuniaire n'influent sur leur consentement ». Mais, au-delà de la recherche scientifique ou médicale, se pose la question des bouleversements juridiques introduits par les nouvelles pratiques, en particulier dans le domaine de la famille. Dès 1956, Rostand envisage de prochaines transformations « spectaculaires dans le Droit familial qui, destiné à l'Homme naturel, ne peut plus déjà convenir, et de moins en moins conviendra, à l'*Homme biologique,* dont les techniques ont profondément modifié l'acte générateur ». En effet, dès cette époque, « il n'y a plus aucune distance pour soustraire une femme à la fécondation maritale », et « que deviennent les règles concernant le "délai de viduité", maintenant que, grâce à la conservation d'une semence congelée, un homme peut, des années après sa mort, donner des enfants à sa veuve ? ». Le biologiste est très conscient de l'accélération des procédés de procréation artificielle et prévoit : « Nous n'en sommes qu'au prime début de cette "biologisation" des mœurs ! Demain la greffe des ovaires permettra à une femme d'accoucher d'un enfant dont elle ne sera pas la mère, tandis que la parthénogenèse artificielle lui permettra, en pratiquant une sorte d'auto-adultère, de mettre au monde des enfants qui, tout en n'étant pas de son mari, ne seront quand même pas d'un autre homme ! » « Et la grossesse en bocal, le bouturage humain, la gémellité à volonté, la prolongation de la vie, la détermination du sexe de l'enfant, la transformation des sexes, le génie et la vertu sur commande, la mutation dirigée, la création d'un type surhumain ! tout cela, qui, enchérissant sur *Le Meilleur des mondes* d'Aldous Huxley, est théoriquement inscrit au programme d'une science dont les perspectives sont décidément plus bouleversantes que celles de la physique, puisqu'elle peut nous transformer, corps et âme, alors que la physique ne peut que nous anéantir. » Rostand fait observer que le droit a été convenu pour une espèce ayant certaines caractéristiques : « Espèce où la reproduction est sexuée, où les deux sexes sont séparés, où la proportion sexuelle est voisine de l'unité, où la fécondation est interne, où la génération s'effectue sur le mode vivipare, où le délai de gestation est d'environ neuf mois, où le produit naît en état d'incapacité, où le sexe est reconnaissable dès la naissance et, en général, ne subit point de variations au cours de la vie individuelle, où la maturité génitale n'est atteinte qu'au bout d'un certain nombre d'années, où les mécanismes hormonaux créent des différences sensibles entre le mâle et la femelle, etc. » Or, toute modification sérieuse dans ce statut devrait avoir des conséquences morales, sociales et légales. C'est pourquoi il envisage la création d'une nouvelle discipline, la « biologie légale », par la collaboration des biologistes avec des juristes qui les feraient « bénéficier de leur esprit de finesse, de leur sens des nuances, de leurs scrupules propres, de leur prudence humaniste ». Ainsi on verra des juristes « acquérir une solide formation biologique pour se spécialiser dans une nouvelle branche du droit, ce qu'est la médecine légale par rapport à la médecine ».

Puisque la qualité de la vie humaine est simultanément améliorée et dégradée par les progrès de la technoscience, l'enjeu n'est pas d'arrêter ni de subir ces progrès ; il ne peut être que de les réfléchir. C'est ce que proposait Rostand quand il œuvrait pour que des choix responsables engagent la communauté des humains vis-à-vis des générations futures. Dans la période récente, qui nous inonda de moyens d'action, plus puissants que jamais, il est devenu évident que des nouveautés bienfaisantes sont négligées tandis que de pseudo-progrès s'imposent : la régulation des apports technologiques ne dépend plus du savoir-faire mais du vouloir-faire. Pour repousser les dérives techniques qui menacent, et stimuler le recours aux technologies là où elles sont bénéfiques, il n'est d'autre voie que la prépondérance du politique, pourvu qu'il se démontre informé, généreux, et respectueux des choix démocratiques.

Sur l’eugénisme

« Jamais les hommes ne sauront assez
la contingence de leur personne,
et à combien peu ils doivent de n’être pas
ce qu’ils méprisent ou qu’ils haïssent. »

Améliorer l'homme

Si, dans cet ouvrage, nous avons réussi à montrer l'humanisme intransigeant de Jean Rostand, le lecteur pourrait s'étonner de ce dernier chapitre où il apparaît que le biologiste fut sensible, au moins de façon théorique, aux arguments eugéniques. Biologiste et premier vulgarisateur de la science génétique, Rostand n'a pas échappé au fantasme eugénique qui, après avoir imprégné l'histoire entière de chaque civilisation, s'est épanoui voici un siècle. C'est l'illusion que la science moderne saurait enfin donner corps au fantasme qui a généré l'expansion de l'eugénisme jusqu'à en faire un outil prétendument efficace pour la sélection vétérinaire des humains, avant que les nazis ne l'utilisent pour la ségrégation raciale poussée jusqu'à l'extermination. Qu'un penseur aussi avisé et profondément humain que Rostand ait voulu colporter les théories eugénistes, même si c'est seulement dans leur version « libérale » et en combattant tout projet totalitaire, montre assez le pouvoir de séduction de ces théories. Comment d'ailleurs négliger que nous y cédons presque tous, comme en demandant une amniocentèse pour vérifier la normalité d'un fœtus, en craignant l'atteinte de maladies virales pendant une grossesse, ou seulement en espérant que l'enfant attendu se montre indemne de telle affection et titulaire de telle qualité.

Depuis que Rostand a disparu, l'illusion d'une efficacité eugénique devient réalité grâce à la génétique moléculaire, alors que simultanément les résolutions démocratiques acculaient tout projet eugénique à une référence obligatoire : celle de la décence humaniste. Aussi, le nouveau visage de l'eugénisme ne peut-il être que bienveillant, discret et indolore ; visage rassurant du médical se portant au-devant des désirs de norme et de surnorme, comme si l'accomplissement de ces désirs était possible et souhaitable. C'est ce temps, déterminant pour l'histoire de l'humanité, que nous allons vivre incessamment. Car les progrès considérables de la technique nous font passer du discours archaïque sur l'eugénisme, et de ses essais misérables, à la constitution d'une pratique scientifique et, comble d'efficace, cette pratique s'avère aussi compatible avec les nouvelles exigences de respect de la personne. L'idéal généreux qui instituait l'eugénisme naïf de Rostand n'aurait certainement pas cautionné le projet savant, opportuniste et infiniment pervers qui, pour la première fois, menace l'humanité d'être réduite par la techno-science à l'état de cheptel ravi.

En 1941, Alexis Carrel prend la direction de la Fondation française pour l'étude des problèmes humains, créée par le gouvernement de Vichy pour étudier « sous tous les aspects les mesures propres à sauvegarder, améliorer et développer la population française ». C'est la même année que Rostand publie *L'Homme,* ouvrage dans lequel il définit ainsi l'*eugénisme ou eugénique,* et ses deux formes complémentaires : « L'Eugénique négative ne vise qu'à raréfier les tares héréditaires. Elle est incapable, par elle seule, de faire progresser l'humanité. Mais il n'en va pas de même pour l'Eugénique positive, qui, elle, se propose d'étendre la reproduction des sujets porteurs de gènes supérieurs à la moyenne. » Certains commentaires récents ont laissé entendre qu'il existerait une forme exécrable de l'eugénisme, et une autre admirable, les auteurs étant abusés par les qualificatifs de *négatif* ou *positif* associés respectivement à l'une ou à l'autre. En fait, ces adjectifs ne concernent absolument pas la moralité des pratiques, mais seulement deux tactiques complémentaires d'une même stratégie qui vise à améliorer l'espèce. Il est même devenu possible de pratiquer un eugénisme simultanément négatif et positif, à l'occasion du tri des embryons humains, sur lequel nous reviendrons.

Rostand n'ignore pas que l'hérédité est une loterie : « Sans doute les hommes éminents n'ont pas toujours des enfants dignes d'eux, mais la probabilité est plus grande pour eux que pour des individus quelconques d'avoir des enfants supérieurs à la moyenne. » Ce point de vue est très discutable, surtout quand il s'agit d'hérédité de l'intelligence, car on ne peut pas séparer ce que l'enfant doit aux gènes de son géniteur « éminent » et ce qu'il doit à l'environnement privilégié que celui-ci peut lui procurer... Pourtant Rostand se laisse aller à une sorte de bionostalgie : « Il m'a toujours paru regrettable qu'on laissât disparaître des hommes exceptionnels, comme Einstein, sans avoir prélevé sur eux de quoi donner le départ d'une culture de tissus. Nous pourrions avoir, aujourd'hui encore, en flacons, de vivantes cellules du créateur de la relativité ; nous pourrions les voir se mouvoir se diviser, en scruter le caryotype. » Le biologiste paraît ici fasciné par son objet car, selon toute vraisemblance, les cellules d'Einstein devaient se mouvoir et se diviser comme celles de tout un chacun et, malgré les progrès récents de la génétique, on peinerait à leur découvrir quelque originalité du caryotype…

Rostand imagine aussi que la possibilité de reconnaître et d'isoler les meilleurs gènes de l'espèce amènera la tentation de les introduire dans nos progénitures : « Disposant de cette *hérédine* qu'est l'ADN, on modifiera les caractères héréditaires des êtres vivants avant ou après la conception ; on fera bénéficier l'enfant d'ADN standard, bien choisis, empruntés aux meilleurs spécimens d'humanité et mis en réserve dans des banques spéciales, si bien que toute procréation comportera une sorte d'adultère chimique et que nos fils, qui tous se ressembleront, seront moins les nôtres que ceux de l'espèce tout entière. » Pour qui est familier de Rostand, cette dernière perspective est bien de nature à lui faire horreur mais, comme souvent, il discourt avec l'objectivité du scientifique en réservant sa critique pour d'autres pages. On peut même admettre que le biologiste prend plaisir à énoncer des vérités, pour le goût qu'il en a, et alors même que le moraliste répugne aux perspectives évoquées. Ainsi quand il écrit : « Il y aurait quelque abus d'optimisme à considérer l'Homme comme une bête si accomplie que nous n'eussions pas à en souhaiter le perfectionnement. » L'idée n'est pas nouvelle et soutient que l'homme pourrait, grâce à des modifications de sa propre substance, devenir l'auteur de son évolution biologique : « Alors même que l'espèce humaine serait désormais stabilisée, on peut envisager que la science, relayant la nature, réussisse à modifier le patrimoine héréditaire de l'*Homo sapiens* ou, en tout cas, à provoquer dans l'organisme humain d'importantes modifications par divers moyens. Les deux grands espoirs de l'Homme concernent la prolongation de l'existence et l'amélioration de l'organe cérébral. » Une telle ambition est logiquement justifiée : « La biologie ne saurait se contenter de fournir à la médecine d'amples ressources thérapeutiques. Elle ne vise pas seulement à réduire les insuffisances morbides, à normaliser l'anormal ; elle souhaite d'améliorer le normal, d'enchérir sur la santé en conférant à tous les représentants de l'espèce les qualités physiques ou intellectuelles que la nature n'impartit qu'à une élite de privilégiés. Du moment qu'il existe des centenaires, pourquoi ne mettrait-on pas tous les humains en état de vivre cent ans ? Du moment qu'il existe des hommes de génie, pourquoi ne mettrait-on pas tous les humains en état d'exceller par les dons de l'esprit ? » Pour Rostand, l'amélioration de l'homme ne consiste pas à impulser de nouvelles caractéristiques à l'espèce mais à amener le plus grand nombre des individus à égaler ceux qui jouissent du meilleur sort. Il pense qu'à court terme, l'homme « est maître de se grandir, et avec une relative facilité, avec une relative promptitude. Ce progrès qui est à la portée de sa main, il y renonce aujourd'hui plutôt que de le devoir à des moyens qui lui répugnent. Mais le refusera-t-il demain, le refusera-t-il toujours ? » Rostand prend là nettement position pour l'eugénisme positif, mais souhaite qu'on attende un agrément social, ce qui, estime-t-il, viendrait nécessairement par une meilleure connaissance de l'hérédité. « Ce n'est pas des laboratoires ni des chaires que doivent sortir les décisions que réclament les eugénistes ; si elles doivent entrer en vigueur, elles émaneront de la conscience collective [...]. Seule une humanité qui saurait la biologie pourrait tirer de son savoir les leçons les plus convenables à l'Homme. » En attendant, il admet la pertinence de l'eugénisme positif si la lente décadence supposée de l'espèce devait s'aggraver subitement. Ainsi, il n'accepte l'idée des banques de semence, chères au généticien Herman Muller, que pour « assurer la survie de l'espèce, ou plutôt la régénération génétique du cheptel humain, en cas de guerre atomique, ou même en cas de paix atomique trop bien armée ». Le moyen technique le plus efficace pour répandre les meilleurs gènes était alors l'insémination artificielle, largement pratiquée chez les animaux de ferme. « Avec quelques mètres cubes de semence, on réparerait bien des dégâts », imaginait Rostand, admettant ainsi que l'insémination artificielle pourrait servir à maintenir l'espèce, plutôt qu'à l'améliorer. Pourtant il confie, ailleurs, que « le plus grand honneur qui pourrait échoir à un homme serait d'être jugé digne de survivre par ses germes. Le mérite confirmerait l'immortalité séminale, moins fallacieuse que l'académique »... Même si l'académicien semble se prendre à rêver d'un sort tellement exceptionnel, le biologiste se montre réservé, et sa prudence s'appuie au moins autant sur l'opinion que sur sa propre conviction : « Il va de soi que, dans l'état présent des mœurs et des consciences, cette entreprise de dissociation systématique entre l'amour et la maternité, entre le goût sexuel et le devoir de reproduction, ne saurait être envisagée sans dégoût ni révolte... Mais il est possible que les idées évoluent à cet égard. » Même s'il ironise sur ceux qui « croient encore au père Nobel », le biologiste ne nie pas que ces techniques, d'inspiration vétérinaire, puissent avoir un effet eugénique. Il reconnaît que, parmi les mesures eugénistes proposées, « la plus efficace mais aussi la plus outrancière est celle qu'a envisagée le biologiste américain H. Muller et qui consisterait à pratiquer sur un grand nombre de femmes l'insémination artificielle avec de la semence provenant d'hommes supérieurs. Il est assez vraisemblable qu'on obtiendrait ainsi, au bout de plusieurs générations, une hausse appréciable du niveau intellectuel de la population, mais qui ne voit les énormes difficultés sociales, morales, sentimentales, où se heurterait la mise en vigueur d'une telle *anthropotechnie* », ou « que deviendrait, dans le haras humain préconisé par Muller, après Binet-Sanglé, l'éminente dignité de la personne ! » Il est fréquent aujourd'hui, en se référant à ses écrits, de considérer Jean Rostand comme un pilier français de l'eugénisme. En fait, s'il fut pris dans ce courant comme quasiment tous les biologistes ou médecins de son époque, il ne cède jamais aux tentations racistes de Georges Vacher de Lapouge, aux projets infanticides de Charles Pichet ou aux rêves élitistes d'Alexis Carrel. L'eugénisme de Rostand est plus proche du *néo-malthusianisme* de Paul Robin, mais Rostand s'oppose fortement à la stérilisation des « dégénérés » que préconisait ce mouvement, et il n'admet de pratiques eugéniques que librement consenties. Refusant toujours de considérer le jugement des hommes comme s'il était figé, Rostand postule que l'éthique viendra s'adapter à chaque situation nouvelle, mais il souligne ses réticences : « Nous ferons-nous sans répugnance à l'idée de ces humains façonnés sur mesure, conformes à un prototype idéal, de ces humains d'avance "programmés" pour le service de la société, voire pour leur propre bonheur – de ces êtres, conçus par l'esprit avant de l'être dans la chair… ? » La réponse qu'il donne à cette question ne laisse pas de doute puisqu'« il appartiendra à la collectivité de se prononcer, et d'opter, ou pour la stagnation, voire la déchéance génétique, ou pour le progrès indéfini »...

L'insémination artificielle n'est pas la seule technique potentiellement eugéniste. Rostand imagine que l'ectogenèse, ou grossesse hors du corps maternel, deviendra possible ; il l'envisage à partir de cultures de tissu ovarien, ce qui n'est pas très différent, en principe, de la fécondation *in vitro* actuelle. Dans cette perspective, il prévoit que les spermatozoïdes fécondants seraient préalablement sélectionnés, et alors qu'on « ouvrirait la voie à une eugénique positive. Car il n'y aurait plus aucune raison de ne pas féconder les ovules avec les meilleurs spermatozoïdes. Ce ne serait pas la peine de fabriquer des enfants en bocaux pour ne point donner à l'humanité ce qui se fait de mieux en matière d'homme ». Cette dernière affirmation résume parfaitement la tentation actuelle de profiter de la production œufs surnuméraires, et accessibles au contrôle, pour trier « ce qui se fait de mieux » parmi les conceptions potentielles de chaque couple soumis à la fécondation *in vitro*. La même perspective de grossesse en bocal amène Rostand à envisager des actions eugéniques complémentaires car « ce ne serait alors qu'un jeu pour le biologiste "homiculteur" de changer le sexe, la couleur des yeux, les proportions générales du corps et des membres, peut-être les traits du visage... Est-il si téméraire d'imaginer qu'on pût alors augmenter, chez l'embryon humain, le nombre des cellules de l'écorce cérébrale ? » Car c'est toujours le cerveau, cet organe qui est le plus humain de l'homme, que Rostand souhaiterait voir travailler au mieux des possibilités de l'espèce. Ainsi « le progrès de l'espèce par sélection des gènes ne constitue pas l'unique ressource de ceux qui rêvent pour l'humanité, un meilleur statut organique. Ils ont le droit d'espérer qu'on obtiendra un meilleur rendement des gènes humains en soumettant chaque individu, pendant la période plastique de la formation, à des influences favorables ». Rostand n'admettait pas l'idée simpliste actuellement triomphante selon laquelle l'homme serait essentiellement dépendant du message de ses gènes. De plus, il se montre dubitatif sur l'incidence de manipulations pour modifier le génome, et estime que « pour améliorer l'espèce, il vaut mieux sélectionner ». Ce constat reste vrai avec l'avènement de la génétique moléculaire qui permet de reconnaître des potentiels individuels avant même qu'ils ne s'expriment : contrairement à la litanie médiatique sur la « manipulation génétique », l'eugénisme à venir passera par la sélection des meilleurs œufs disponibles bien avant de proposer leur modification. Car on peut alors profiter d'une surpopulation d'œufs fécondés pour, après avoir identifié les promesses génétiques des uns et des autres, éliminer les moins conformes (eugénisme négatif) en même temps qu'on élit les plus valeureux (eugénisme positif) : « Faire vivre et laisser mourir », comme disait Michel Foucault du principe énonçant la naissance du racisme… L'eugénisme rétrécit l'humain vers ce que certains apprécient comme le plus haut de l'homme, comme si l'objectivité d'une telle appréciation avait été démontrée. Mais un grand problème non résolu est de savoir ce qu'est le « meilleur » de l'humain, et Rostand s'interroge sur l'objectivité biologique des critères requis pour l'eugénisme positif : « Sans doute, s'agissant des hommes, l'affaire est-elle plus délicate que s'agissant des bêtes, car si nous savons évidemment ce que nous attendons de nos bœufs, de nos moutons ou de nos poules, nous savons beaucoup moins bien ce que nous attendons de nous-mêmes. » En tout cas, il n'admet pas toutes les propositions de Herman Muller, dont il a traduit l'ouvrage *Hors de la nuit,* car, s'étonne-t-il, « avons-nous besoin d'une humanité faite d'Hercules et d'Adonis ? ».

Finalement Rostand reconnaît que « l'eugénique positive, plus encore que la négative, se heurte à d'immenses difficultés, tant sociales qu'individuelles [...]. Le projet de traiter l'humanité comme on traite un cheptel nous semble à la fois odieux et ridicule ». Effectivement, on peut s'accorder pour qualifier un chêne robuste ou un cheval cagneux, un papillon superbe ou une fraise insipide, mais comment décrire l'humain selon la qualité de sa constitution, de son apparence ? Un jugement, quasi consensuel, est souvent porté par les hommes sur le monde non humain, au nom d'une relative objectivité qui ne reflète que l'intérêt égoïste que nous portons aux bêtes et aux plantes, pour le bien qu'elles nous procurent en émotions ou en services. Sauf à réifier la personne humaine, on ne saurait lui appliquer un traitement analogue. Pourtant le groupe social, et surtout certains de ses membres qui en font commerce, exerce en permanence des pressions sur les individus, jusqu'à les amener à déprécier leur propre qualité. Rostand jugeait « malsain que les gens prennent l'habitude de ne pas se contenter de leur aspect corporel : c'est déjà un symptôme névrotique que de ne pas s'accepter tel que l'on est... Et puis, la généralisation de la chirurgie esthétique finirait par ôter à chacun sa particularité, son individualité. Non vraiment, je ne souhaite pas cette uniformisation, cette homogénéisation, même dans le beau et l'harmonieux, elle me paraît strictement contraire à la tendance si fortement individualisatrice de la nature [...]. Et puis, personnellement, j'ai du goût pour les irrégularités, pour les imperfections ». Les effets de mode, soumis de plus en plus à la manipulation économique, tendent à imposer une apparence commune par le costume ou par le modèlement du corps (taille, ligne, bronzage, coiffure, etc.) faisant parfois intervenir des prothèses, comme pour éclaircir la couleur des yeux avec des lentilles oculaires. Mais certaines pratiques récentes évoquent la miniaturisation des pieds chez les fillettes asiatiques, par leur violence, leur irréversibilité, et leur généralisation. Ainsi quand on impose aux enfants d'une classe d'âge des appareillages capables de modifier leur dentition pour la normaliser. Comme Rostand, « J'ai du goût pour les irrégularités », telle cette béance charmante entre les incisives, qu'on nommait « ruisseau d'amour » et qui se trouve aujourd'hui prohibée.

Dégénérescence

Au-delà de l'aspect des personnes, mais croyons-nous, à partir des mêmes principes, c'est leur « qualité génétique » qui suscite les commentaires les plus savants, à cause de la nature supposée objective de son fondement, et de sa transmission par la génération. Or la rumeur affirme que la qualité humaine, que nul n'a su définir, se dégraderait gravement. Cette décadence génétique progressive serait, pour Jean Rostand comme pour beaucoup de ses contemporains, une conséquence des avancées de la médecine. Puisque « les progrès de la technique et des mœurs sont contraires aux intérêts biologiques de l'espèce [...], on peut prévoir que toute bienfaisante nouveauté apportée par la science médicale sera payée d'une décadence génétique, dans la mesure où elle facilite la survie et la reproduction de sujets génétiquement défectueux ». Selon Rostand, le biologiste considère « toutes choses vivantes, y compris les humains, sous l'aspect d'une compétition de gènes » ; il faut donc savoir si « au fil des âges, les gènes de la vertu vont augmenter en nombre, ou diminuer à comparaison des autres. Ce qui revient à se demander quels sont les rapports entre l'aptitude génétique à la vertu et le taux de reproduction ». Selon Herman Muller, « c'est dans le mauvais sens, et à l'encontre des intérêts de la vertu, qu'opère la sélection reproductrice dans le monde civilisé », commente Rostand qui demeure perplexe sur le sujet : « En tout état de cause, nous garderons de conclure quant à l'avenir germinal de la vertu. »

Le postulat d'une dégénérescence de l'espèce étant admis, « bien qu'on n'en ait pas encore fourni la preuve directe », il faut alors réagir à cette menace. « C'est la biologie qui est, en partie responsable, forcément responsable, insistons-y ! de la décadence génétique ; mais c'est elle aussi qui pourrait nous aider à combattre cette décadence par des mesures d'eugénique ou par l'établissement de méthodes propres à réparer le DNA [ADN]. » Outre les propositions classiques tendant à la sélection de nos descendants, Rostand imagine déjà la correction des défauts, grâce à ce qu'on nomme aujourd'hui « thérapie génique ». Cependant, tout au long de ses interventions sur l'eugénisme, il expose avec logique ce qui pourrait être fait, mais moins clairement ce qu'il en souhaite. Son raisonnement dévoile les possibilités venues de la science, et évalue ce que la société saurait accepter, compte tenu du fait que la conscience sociale « est toujours en plein devenir ». Cette position de spécialiste et de prévisionniste à la fois l'amène à s'exprimer comme s'il agréait à l'avenir qu'il décrit.

J'ai moi-même donné prise à des interprétations erronées quand, en exposant la logique forte du nouvel eugénisme, et soulignant que son efficacité prévisible se conjugue avec sa faible agressivité ponctuelle, j'ai pu donner à entendre que j'applaudissais à ce mouvement. Je crois donc indispensable de lire Rostand sans trop vouloir l'acculer à des positions qui le laissaient plutôt perplexe. Ainsi, un journaliste demandait-il à Rostand en 1953, à propos de la parthénogenèse : « Dans la mesure où les mères se recruteraient parmi des femmes anormales, plus ou moins névrosées, ou parmi des femmes n'ayant pas trouvé preneur, ce genre de reproduction ne serait-il pas un danger en ce qu'il contrarierait la sélection sexuelle ? » Et le biologiste répondait : « La sélection sexuelle est, dans notre société, menacée par bien d'autres choses, et en particulier par l'inégalité financière qui donne à un laideron bien pourvu plus de chances de mariage et de procréation qu'à une beauté démunie… »

Pourtant, Rostand s'irritait des résistances rencontrées par l'idéal eugénique : « Voici que des hommes de science, au nom même de la biologie et d'une génétique qu'ils disent mieux entendre, contestent le bien-fondé des expériences eugénistes ; ce sont en général les mêmes qui combattent l'idée d'une décadence fatale pour l'humanité […], l'attitude des adversaires de l'eugénique – attitude passive, respectueuse du statu quo –

a quelque chose d'un peu timoré et paresseux [...]. Il y a ceux qui disent : ne touchons pas l'être humain, c'est trop grave, ou en tout cas, il est trop tôt pour le faire, laissons-en la responsabilité à nos descendants. Et il y a ceux qui répliquent que le savoir est toujours insuffisant et que jamais l'on ne se déciderait à l'action si l'on voulait n'agir qu'en pleine lumière. » À l'évidence, les positions ont peu évolué depuis cette analyse. Ainsi les « prudents » renforcent-ils leurs arguments par l'évocation des vicissitudes du progrès tandis que les « audacieux » persévèrent en se réclamant des succès technologiques. Devant ces positions contradictoires, Rostand conclut : « Je me prononcerais pour un eugénisme circonspect et non imposé, avec seulement un peu moins d'optimisme que Muller en ce qui concerne la transmission héréditaire des dons exceptionnels et des hautes qualités du caractère [...]. Pourrons-nous refuser indéfiniment la genèse de ces meilleurs humains dont Carrel appelait la venue et qui nous apporteraient, sinon le supplément d'âme, du moins le supplément d'esprit [...] ? L'obligation où nous serons bientôt de réduire la quantité des humains sur le globe [...] doit nous préparer à consentir aux méthodes qui assureraient l'amélioration de la qualité. »

Outre le rôle des progrès de la médecine et de la chirurgie, il faut, souligne Rostand, compter avec l'hygiène et « l'extension des mesures d'assistance et de philanthropie permettant la survie d'un grand nombre d'individus qui, dans l'état de nature ou de moindre civilisation, eussent fatalement succombé avant l'âge reproducteur ». Car, chez l'animal, « nonobstant la mutation, l'espèce ne dégénère pas, l'épuration génétique étant assurée par l'éviction des moins aptes » alors que, chez l'homme, « la médecine cultive la maladie, la tare [...]. En vertu d'une sorte d'entropie génétique, l'espèce se dégrade automatiquement ». Parfois Rostand avalise les pires affirmations eugéniques, comme en déclarant que « ce ne sont pas les meilleurs qui font le plus d'enfants : il semblerait plutôt que la corrélation fût négative entre la qualité des gènes et le volume de la reproduction ». Ou encore : « Défaut général de sélection, et même, en certains cas, contre-sélection ou sélection à rebours : voilà le lot de nos sociétés actuelles [...]. Cet avilissement doit dater de loin ; il ne fera que s'accentuer toujours davantage. Et n'est-ce pas déjà par sa faute que les tarés, les débiles et les criminels encombrent les hôpitaux, les asiles et les prisons ? » C'est pour empêcher la procréation des individus suspectés de transmettre des tares à leur descendance que des dizaines de milliers de personnes furent stérilisées, dans les pays démocratiques, durant le premier tiers du vingtième siècle[1]. En effet, la stérilisation paraissait, pour les généticiens d'alors, la façon la plus efficace de pratiquer l'eugénisme négatif et, malgré leur violence, ces actes étaient justifiés par l'ampleur supposée d'une « dégénérescence » accélérée. Rostand montre que l'efficacité de la stérilisation des tarés est très hypothétique et conclut : « On n'a donc pas à attendre énormément de la stérilisation eugénique. Sans parler des abus, toujours à craindre, lorsqu'on donne à la collectivité de tels pouvoirs sur l'individu. Pour notre part, nous estimons que le meilleur travail à faire en ce domaine est de répandre largement dans le public les éléments de la science

1. Voir Jacques Testart, *Le Désir du gène*, Bourin-Julliard, 1992 (Flammarion, Champs, 1994).

génétique afin de faire prendre aux futurs parents une claire conscience de leur responsabilité procréatrice. » Ce pari sur l'éducation postule qu'« une fois les individus convenablement instruits, il leur appartiendra de prendre leurs responsabilités devant leur descendance ou devant la société ». Rostand s'opposait à toute décision autoritaire qui ne respecterait pas la volonté des personnes et, en contradiction avec nombre de ses contemporains, surtout parmi les biologistes, il proclamait que « l'autorité ne doit intervenir que lorsque la conviction du public est faite [...]. C'est à faire cette conviction qu'il s'agit de travailler, en répandant le plus largement possible les notions élémentaires de génétique, en faisant savoir, honnêtement et précisément, ce que chacun risque dans tel ou tel cas... ». Ainsi, il propose une « eugénique éducative et persuasive » où les individus tarés, dûment avertis, « se feraient scrupule de répandre leurs mauvais gènes... Ici comme en d'autres domaines, le devoir découlerait du savoir ».

Souhaitant que les individus, complètement informés, deviennent seuls responsables de leur enfantement, Rostand déclarait : « Si le principe de la stérilisation obligatoire, imposée par l'État, apparaît comme discutable, en revanche, j'estime que le droit à la stérilisation volontaire devrait être reconnue dans un bon nombre de cas. » Cette position, qui fait porter la décision sur les seules personnes concernées, peut être illustrée ainsi : « Je ne pense pas qu'il y ait lieu de stériliser les épileptiques et les sourds. Mais, en dépit du précédent de Dostoïevski et de Beethoven, je comprendrais parfaitement qu'un homme atteint de surdité héréditaire hésitât à procréer [...], non plus que la tuberculose ne doit être cultivée à cause de Chopin, ou la folie à cause de Nerval. » C'est toujours le droit de la personne qui prime chez le moraliste, et le droit de la vie chez le biologiste : « J'avoue que je ne verrais pas sans répugnance et sans tristesse s'instituer une éthique sociale où, la valeur de la moindre existence ayant cessé d'être infinie, on trouverait tout logique et tout naturel d'interrompre une perfusion salvatrice ou de ne pas réanimer un nouveau-né. » La ferme position de Rostand sur le droit des personnes à procréer, quel que soit leur écart à une norme génétique, se retrouve pour le droit des personnes à vivre, quelle que soit leur décrépitude. Ainsi il évoque l'euthanasie pour abréger les souffrances d'un malade, et refuse toute légalisation de cet acte avec des arguments très clairs : « Je tiens pour inadmissible que l'on confère à qui que ce soit le droit de détruire son prochain, fût-ce au nom d'un idéal de charité, et de quelques garanties qu'on entourât l'exercice de ce droit. » « Je crois qu'il faut essayer de maintenir dans notre société des sortes d'absolus, et le respect inconditionné de la vie me paraît en être un. » Pourtant il comprend qu'on délivre un être cher d'une « excessive souffrance » à condition que cet acte grave reste « illégal, interdit, un *crime* que certains, s'ils l'osent par tendresse, assumeront devant leur conscience [...]. Toujours, il est possible d'obéir à des lois plus qu'humaines, mais en sachant que l'on contrevient aux lois humaines ». Ces réflexions croisent le débat actuel sur l'euthanasie aussi bien que l'esprit de la loi Veil sur l'avortement.

Malgré la pauvreté des moyens diagnostiques disponibles à son époque, Rostand admettait qu'il n'est pas d'individu « normal » : « Pour l'instant, nous ne disposons d'aucun moyen qui permette de reconnaître les sujets normaux porteurs de mauvais gènes récessifs ; et d'ailleurs, saurions-nous même les reconnaître qu'on ne pourrait songer à les mettre tous hors d'état de reproduire, car presque tout individu normal de l'espèce doit porter, parmi ses milliers de gènes, au moins un de ces mauvais gènes. Les analyses génétiques ont, depuis, confirmé que nul n'est exempt de gènes défectueux. Mais, comme Rostand le reconnaît, la « dégradation génétique » n'est toujours pas démontrée, et ne reste qu'une hypothèse. « Peut-être sommes-nous moins atteints par la décadence génétique que ne le présument les alarmistes ; peut-être le sommes-nous davantage. » Cette décadence pourrait être en grande partie fantasmée puisqu'on l'imputait déjà à la médecine avant le XIXe siècle, alors que celle-ci n'était encore d'aucune efficacité : le désir d'augmenter le pouvoir de l'homme sur sa propre existence est si fort qu'il a pu faire prendre les vessies de la magie pour les lanternes de la maîtrise. Aussi devrait-on s'attendre à ce que les actions réputées s'opposer au pseudo-phénomène de la dégénérescence demeurent sans impact sur le statut génétique de l'espèce… Il se pourrait enfin que « l'assistance et la philanthropie » proposées par Rostand à l'intention des plus démunis contrebalancent leur « perte génétique » éventuelle en permettant leur meilleur épanouissement. Un tel résultat viendrait relativiser l'influence qu'on accorde au génome en révélant sa capacité restreinte à orienter réellement la vie des personnes…

Qualité humaine

Rostand observe que « lorsqu'on aura fait la part des erreurs d'éducation, des maladresses familiales, de l'iniquité sociale, la nature apparaîtra plus généreuse qu'on ne l'avait crue ». Ainsi, il proclame que la qualité des personnes est moins affectée par la nature de leurs gènes que par les conditions sociales où ils s'expriment. Car « dans les conditions présentes de la société, la grande majorité des individus sont mis dans l'impossibilité d'atteindre à leur plein développement physique et intellectuel, d'épanouir leurs aptitudes, de satisfaire leurs goûts, de manifester leurs dons s'ils en possèdent, enfin d'actualiser au mieux leurs potentialités génétiques [...], un véritable crime biologique est donc incessamment commis [...]. Ce crime dont nous sommes tous responsables, nous en sommes tous aussi les victimes, car, en lésant le plus grand nombre, c'est le groupe entier qu'il atteint en le privant du meilleur de ses ressources. Assurer à tous les gènes humains le milieu le plus favorable à leur expression : quel autre idéal politique pourrait avoir un biologiste, instruit de la double puissance de l'hérédité et du milieu ? » Cette dernière formule résume bien la conception originale, et très moderne, de l'eugénisme chez Rostand : la science ne doit servir que des projets élaborés au nom des intérêts et du respect de tous les êtres humains. C'est pourquoi il évoque souvent « le crime » commis en n'offrant pas à chacun les meilleures chances d'épanouissement car « si l'on pouvait procurer aux hommes quelques minutes de génie par jour, toute l'humanité en serait changée ». Malgré son réalisme, qui l'amène à demander : « De par la condition de son appareil cérébral, l'homme n'est-il pas voué à ne pas dépasser un certain niveau de compréhension ? », Rostand admet que, « tant qu'on n'a pas tâté de la sélection humaine, on n'est pas en droit de fixer à l'homme une limite supérieure »

Pourtant Rostand ne saurait réduire l'intelligence à une heureuse configuration des gènes. Il postule que la réussite intellectuelle « suppose évidemment un minimum assez élevé de qualité génétique, et l'on peut donc présumer que les représentants des classes intellectuelles sont statistiquement un peu supérieurs à la moyenne de la population [...]. Mais cette supériorité doit être bien légère, eu égard à l'inégalité foncière des conditions de départ. Cependant, des enfants se montrent plus doués que les autres sans qu'on puisse démontrer que c'est par l'inné ou par l'acquis ». Aussi Rostand se déclare en faveur de tests pour reconnaître les dons des enfants. Bien sûr, « des sujets de génie y échapperaient, et il ne faudrait donc pas que cette sélection eût pour conséquence la condamnation des "non-sélectionnés", mais elle serait sûrement profitable à la collectivité, surtout si l'on y adjoignait un système d'allocations permettant aux enfants bien doués d'aller jusqu'au bout de leurs possibilités scolaires ». C'est ainsi que Rostand envisage de « créer le surhumain » et il constate que « ce rêve n'a plus rien de téméraire depuis qu'initiés aux méthodes de la génétique et de l'embryologie, nous entrevoyons les moyens d'influer sur les subtils constituants de nos cellules ». Mais, pour créer le surhumain, Rostand est plus favorable à des traitements physiologiques qu'à des modifications génétiques. Il souhaite qu'on produise « des surhommes sans créer le surhomme », c'est-à-dire qu'on agirait, par exemple, en augmentant le nombre de cellules du cerveau fœtal, en évitant de perturber le génome : « Ce ne serait là qu'une sur-humanisation somatique qui n'aurait aucun retentissement sur les potentialités germinales. » Où on rencontre déjà l'inquiétude actuellement suscitée par les projets de thérapie génique germinale, laquelle, contrairement à la thérapie somatique, pérennise la modification induite puisque les spermatozoïdes ou les ovules peuvent la transmettre aux enfants et, au-delà, aux générations futures. Si Rostand souhaite ainsi imposer au surhomme une descendance banale, malgré l'effort scientifique et social pour obtenir des spécimens surhumains, c'est qu'il n'est pas certain du bien-fondé de la démarche eugénique et craint que cet essai ne crée une situation irréversible.

L'assimilation du surhomme à un individu zéro défaut, ou encore à « ce qui se fait de mieux » en matière d'homme, n'a évidemment rien à voir avec les délires de la science-fiction, ni même avec certaines élucubrations journalistiques. La science est plus modeste que l'imagination, ne serait-ce que parce qu'elle n'est pas sollicitée concrètement pour les entreprises délirantes : qui souhaite procréer un enfant à quatre bras ou deux cerveaux ? Le chercheur n'est d'ailleurs pas plus fou que les créations qu'on attend de lui et Rostand a bien exprimé que c'est masquer les dangers réels de la science que de n'imaginer des catastrophes que si les laboratoires étaient peuplés « par des charlatans sans scrupule ou des dictateurs inhumains ». Il répète que son inquiétude « s'adresse aux seuls progrès de cette science, et alors même qu'ils seraient appliqués dans les meilleures intentions du monde, par les meilleurs d'entre nous, par les plus humains, les plus scrupuleux ». Alors, Rostand évoque « ce qu'il peut y avoir de troublant à voir l'homme peu à peu s'approcher de l'homme avec ses grosses mains pour le soumettre aux effets d'une sorcellerie balbutiante ». Et l'humaniste prévient : « Un chef, un dictateur n'ont rien de commun avec l'être surhumain que nous attendons des progrès de la science. »

Cette philosophie humaniste diffère de celle professée par les eugénistes élitistes, tel Alexis Carrel, que Rostand désapprouve : « La vertu, disait Carrel, c'est d'éviter le péché contre la nature, c'est de se garder sain, viril, de respecter la vie, en soi et en autrui [...]. Pour notre part, et sans contester la valeur d'un "décalogue biologique" à la Carrel, nous pensons que c'est plutôt vers une autre science – la science de l'esprit, et plus particulièrement la psychanalyse – que doivent se tourner ceux qui gardent l'espoir d'établir une sorte de pacte entre science et conscience. » À une autre occasion, Rostand critique Carrel parce que celui-ci « veut déduire une éthique des faits d'observation et d'expérience ». Le naturaliste sait bien que la dignité des membres de la famille humaine exige le dépassement des faits de la nature. Il sait aussi que l'interprétation de ces faits est propice aux abus qu'encouragent les idéologies. C'est pourquoi Rostand se félicite que la classification des variétés humaines par les groupes sanguins, découverts en 1900, soit venue s'opposer au racisme biologique : « La classification sérologique, fondée sur des traits inapparents de l'être humain, offre aussi l'avantage psychologique de ne recourir à aucun critère qui puisse susciter une prévention irrationnelle [...]. En un mot, la classification par le sang est, présentement, la façon la moins raciste de distribuer les hommes. » De façon analogue, l'identification plus récente de groupes tissulaires reste neutre devant la tentation de hiérarchiser les hommes. Mais il n'en va pas de même avec les nouvelles identifications génétiques. En découvrant chez chacun des défauts géniques variés (nous en avons tous), on introduit une nouvelle donne : même si ces caractéristiques demeurent inapparentes, ce qu'on désigne n'est plus un élément neutre, tels le groupe sanguin ou le groupe tissulaire, mais un élément hiérarchisant. Car la « qualité » d'un individu donné, à supposer qu'elle relève d'une composante génétique, n'est pas la même que celle d'un autre individu si l'un est porteur de plus nombreux ou plus redoutables gènes de prédisposition à divers troubles de la santé. Jusqu'ici le « normal » était reconnu par l'absence de tares apparentes ; dès qu'il correspondra à la moyenne statistique des tares potentielles, il faudra affronter cette révolution éthique en l'accordant malgré tout avec le principe de l'égalité de tous les hommes, et de leur dignité commune. Cette révolution éthique, issue directement des progrès de la génétique moléculaire, ne pouvait pas être formulée par Rostand. Pourtant il imagine, « dans l'avenir, une sorte de médecine du bien-portant, qui considérerait la plupart des individus comme insuffisants par rapport au type superlatif de l'espèce, type qui, d'ailleurs, ne fut peut-être jamais réalisé par le hasard des combinaisons génétiques ». Cette perception d'une médicalisation systématisée était visionnaire : ainsi se développe actuellement une médecine du bien-portant, revendiquant le traitement de chacun, à titre préventif, puisque l'individu qui se croit sain n'est qu'un malade qui s'ignore et, finalement, un mort en sursis. Déjà des médecins considèrent l'œuf humain juste fécondé comme « le plus petit patient », avant même qu'il eût démontré quelque handicap, ou même une prédisposition innée à un handicap. Ce faisant, ils signifient simultanément, et sans en avoir conscience, que la différence est une constante du vivant, ce qui est exact, et qu'elle doit être combattue par principe, ce qui est potentiellement terroriste. En effet, tous déviant d'un modèle théorique, nous devenons chacun objet médical puisque l'état de santé que nous éprouvons est sans cesse menacé par l'état de maladie qui ne manquera pas d'arriver. Et il faudra de plus en plus nous conformer à des précautions d'existence supposées capables de reculer toujours plus loin la menace de la maladie, puis de la mort. Rostand avait prévu cette évidence mais aussi à quelles extrémités elle est susceptible de mener puisque, avant même d'avoir connu ce « challenge » médical, il remarquait qu'à « force de prévoir l'avenir, on nous le rend aussi fastidieux qu'un passé ». Même si nous sommes tous « insuffisants par rapport au type superlatif de l'espèce », il arrivera que certains produits de la sélection approchent, sans jamais l'atteindre, la perfection théorique qui caractérise le type superlatif imaginaire. Un tel succès, « jamais réalisé par le hasard des combinaisons génétiques », ne saurait être gaspillé, et la logique eugénique devrait alors proposer les moyens adaptés pour sa conservation, c'est-à-dire le clonage de ces êtres d'élite. Car la procréation est génératrice de n'importe quoi, donc de désordre ; et le désordre génétique, vital à l'ordinaire, devient insupportable s'il rompt un assemblage exceptionnel qualifié d'idéal. Sans prévoir encore ces perspectives, Rostand imaginait déjà que l'eugénisme passerait par la procréation médicalisée. Grâce au progrès technique, l'homme « en viendra à rationaliser sa procréation (comme ce sera le cas, par exemple, quand la science lui aura fourni le moyen de déterminer à volonté le sexe de ses enfants), peut-être s'accoutumera-t-il à l'idée, aujourd'hui si rebutante, de la sélection humaine ? ». Pour répondre à certaines critiques, Rostand proclame la différence entre racisme et eugénisme, car « il n'y a aucune vraie solidarité » entre « ces deux idéologies dont l'une n'est qu'un grossier contresens, alors que l'autre, solidement fondée sur la science de l'hérédité, ne se propose rien de moins que l'amélioration de l'espèce tout entière, sans aucune préoccupation de race, de secte ou de classe. L'une n'est que survivance du passé, l'autre touche à l'un des grands espoirs de l'avenir ». La vision humaniste que Rostand accorde aux projets eugénistes explique son empressement à les différencier de l'idéologie raciste, d'autant qu'il refuse toute démarche eugéniste qui serait autoritaire. Pourtant, on peut se demander comment il jugerait aujourd'hui l'élimination d'un œuf, disqualifié par une mutation pourtant compatible avec une vie digne d'être vécue ; ou ce qu'il penserait de l'évaluation de la prime d'assurance d'un adulte à l'aune de son profil génétique : la caractérisation génétique ne vient-elle pas jouer ainsi le rôle traditionnel des critères raciaux pour justifier la ségrégation ? Rostand poursuit : « Il n'y a aucun rapport entre le racisme et l'eugénique telle que la conçoit un Muller, et ayant pour but non pas de créer une race de seigneurs, mais d'améliorer l'espèce entière. Nulle opposition non plus entre eugénisme et démocratie, puisqu'il s'agirait, par la sélection humaine, de faire bénéficier toute la collectivité des meilleures combinaisons génétiques, jusqu'ici amenées par le hasard. Ambition qui, au surplus, ne doit pas nous détourner de rechercher par tous les moyens l'amélioration du milieu social, afin de permettre le meilleur épanouissement des virtualités héréditaires innées. Les deux tâches, loin d'être contradictoires, sont complémentaires. » Certes, mais Rostand s'inquiète :

« Demain, peut-être, verrons-nous surgir un nouveau racisme, qui prétendra lire la primauté raciale dans la longueur de tel chromosome ou dans l'ordre de séquence des bases qui forment tel acide nucléique. » Malgré cette éventualité, il met en doute l'affirmation de Bertrand Russell selon lequel « l'eugénique ne se mêlera jamais avec la démocratie » et la qualifie de jugement « téméraire » car « nous croyons que l'idéal eugénique est parfaitement conciliable avec les vœux d'une véritable démocratie. Idéal juste et sain par lui-même, il sera d'autant mieux compris, accepté, adopté, qu'il se proposera à une société plus égalitaire et plus humaine ». Même si notre société n'est pas plus égalitaire ou humaine que celle où vivait Rostand, la « primauté raciale » se déplace, ou s'étend, comme le montre l'évolution de la pratique d'adoption : plus des deux tiers des enfants adoptés en France sont d'origine étrangère, pour la plupart du tiers monde, alors que les deux tiers des pupilles de l'État restent privés de tout projet adoptif. Les difficultés connues de l'adoption nationale ne suffisent pas pour expliquer cette distorsion : adopter à l'étranger exige aussi de la persévérance, davantage d'initiative personnelle, et impose un coût financier élevé. Puisque les enfants « laissés pour compte » en France sont justement ceux qui montrent un handicap, une conclusion s'impose : les Français préfèrent adopter un enfant « normal », même s'il est jaune ou noir plutôt qu'un enfant blanc « handicapé ». On assiste ici à l'affrontement des deux phobies qui nourrissent l'exclusion, celle de l'étrange contre celle de la déficience, et on constate que le souci de la santé et de la performance l'emporte. Peut-être est-ce l'indice d'un changement des temps, fruit simultané de l'argumentation antiraciste, du discours sanitaire et de l'idéologie compétitive, conformément aux idéaux des sociétés démocratiques et industrielles. Mais cette volonté de progrès politico-biologique a un prix, celui de la raison eugénique. Il se pourrait que la forme classique du racisme vienne à refluer, même si on ne peut raisonnablement espérer sa disparition, et qu'un nouveau racisme se développe, plus conforme aux convictions libérales de la droite comme aux convictions sociales de la gauche. Le droit à la différence mérite donc un nouveau contenu car il concerne aussi des personnes apparues dans nos propres lignées. Puisque la fraternité, inscrite aux frontons de la République, est une qualité qui se réfère aux semblables, son évocation contredit l'agitation de la génétique pour démontrer de nouvelles différences, pour rendre les proches dissemblables car on est moins frère quand davantage nous sépare. Le droit impose aux hommes de s'accepter comme libres et égaux mais seule la religion peut leur demander de se croire frères ; alors, devant le péril d'exclusions nouvelles, au fil des différences insoupçonnées que révéleront les généticiens, pourquoi ne pas proclamer que le véritable projet humaniste est d'assurer à tout citoyen « Liberté, Égalité et Altérité » ?

Beaucoup prétendent que l'eugénisme ne serait dangereux que s'il était appliqué dans des États non démocratiques, oubliant ainsi les crimes légaux antérieurs à la période nazie, et aussi que de puissants intérêts sont en action dans nos sociétés. Rostand élargissait d'ailleurs le péril eugénique à « une société inégalitaire telle que la nôtre, où l'argent continue d'être maître ». Dans un tel contexte, il considérait que l'eugénisme « constitue une offense grave à la personne, une atteinte à la liberté individuelle. Sous prétexte d'épurer la race de nos arrière-neveux, accepterons-nous, d'un cœur léger, de brimer nos contemporains ? Sacrifierons-nous l'individu à l'espèce, et le présent à l'avenir ? ».

Le tri des œufs

Ce que Rostand, comme tous ses contemporains, n'avait pu imaginer, c'est l'ampleur que prendrait le pouvoir de sélection humaine, grâce à l'alliance, aujourd'hui seulement débutante, de la procréation assistée avec la génétique moléculaire. Là où les conditions naturelles de procréation, très parcimonieuses dans notre espèce, permettaient d'évaluer seulement quelques enfants conçus par un couple au cours d'une vie entière, il devient possible d'évaluer plusieurs enfants potentiels chaque mois. Et d'éliminer les indésirables sans contrevenir aux préceptes de l'éthique puisque le but est de retenir les œufs les mieux dotés dans une couvée trop nombreuse peuplant des éprouvettes. La perspective de ce « diagnostic préimplantatoire », exercé sur de nombreux embryons conçus simultanément, n'avait pu être envisagée, même par la science-fiction. Ainsi, Rostand admettait que, par leur rareté et leur localisation interne, il est « évidemment très difficile de sélectionner les germes féminins... », et aussi que la reproduction humaine « est trop tardive pour qu'on puisse sélectionner le parent mâle sur les qualités de sa progéniture », comme il fut réalisé chez les animaux. Toutes ces entraves à l'eugénisme sont levées depuis que l'ovule est produit en grand nombre et extrait du corps, d'une part, et que la qualité génétique des enfants à venir est plus sûrement détectée chez les œufs déjà fécondés que chez les gamètes potentiellement fécondants ou chez les géniteurs d'autre part. Alors se pose avec acuité la question des limites du normal, déjà perçue par Rostand à propos de l'interdiction de procréer : « À partir de quelle gravité dans la tare la société doit-elle intervenir pour ôter le droit de reproduction ? Et l'avantage que trouve l'espèce à tarir les sources des mauvais gènes, l'épargne de souffrances individuelles réalisées par la diminution des mal-nés, compensent-ils l'offense que de telles méthodes infligent à notre respect de la personne et à notre souci de la liberté ? »

L'eugénisme classique, surtout fondé sur l'empêchement des conceptions (conseil conjugal, stérilisation), ne pouvait se réclamer que d'un effet à long terme, effet très hypothétique même si de nombreuses générations étaient soumises massivement à la loi eugénique. D'où la crainte de Rostand qu'on eût sacrifié « l'individu à l'espèce, et le présent à l'avenir ». La perspective nouvelle du tri des œufs fécondés, à la demande des couples eux-mêmes, et avec un effet immédiat, retourne la crainte de Rostand, mais sans la supprimer : ce tri embryonnaire pourrait se lire, à terme, comme le sacrifice de l'espèce à l'individu, et de l'avenir au présent.

Il en serait ainsi si les caractères génétiques valorisés aujourd'hui ne devaient pas être éternellement considérés comme les plus favorables, ou encore si leur élection généralisée, au mépris d'autres caractères, pouvait conduire à créer un manque, par la disparition des caractères méprisés. L'avenir se révélerait aussi sacrifié au présent, et l'individu contemporain à l'espèce pérenne, si le jeu scientifique avec le vivant devait affecter l'humanité dans sa complexité psychique, en même temps que dans sa complexité biologique. Si Rostand avait suspecté ces formes nouvelles de l'« épuration », nul doute qu'il y aurait découvert de plus solides raisons d'inquiétude. Comme l'écrit A. Tétry sa fidèle biographe, à propos des réserves aujourd'hui exprimées sur le tri des œufs dans l'éprouvette : « Rostand aurait partagé sans aucun doute cette attitude qui correspond aux idées qu'il a souvent exprimées. » Car jamais le biologiste ne se permet la facilité d'évaluer un problème humain à la lumière de la seule biologie : « En principe, je n'admettrais la stérilisation obligatoire des tarés que dans le cas de très grandes tares, et, même dans ce cas, je craindrais que cette législation ne créât dans le corps social un malaise qui fût hors de proportion avec l'avantage escompté [...]. Des mesures de ce genre ne seraient d'ailleurs acceptables que dans une société équitablement organisée, et où l'on pût avoir la certitude que les mesures eugéniques fussent appliquées indistinctement à toutes les classes de la population [...] N'oublions pas, enfin, que la science invente sans cesse de nouveaux moyens pour compenser les tares héréditaires. Un diabète héréditaire est, tout comme un autre, guéri par l'insuline. Peut-être demain, par des traitements de l'embryon, empêchera-t-on l'apparition de telles ou telles tares d'origine génétique [...]. Il y a plus à espérer du génie humain que de la discipline. »

Des progrès considérables ont été accomplis, depuis la mort de Jean Rostand, dans les sciences qui mobilisaient le plus son attention (biologie de la « reproduction », génétique). Ces progrès sont technologiques davantage que scientifiques, c'est-à-dire qu'ils nous proposent des moyens d'agir sur le monde malgré que celui-ci ne soit guère mieux compris qu'auparavant.

Mais les nouvelles interventions médicales ont des conséquences tellement importantes que la réflexion éthique en est bouleversée. Aujourd'hui donc, on se réveille dans un monde où, pourvu qu'il soit celui des civilisations industrielles, la stérilité est quasiment vaincue. Bien sûr, il faut pour cela accepter de se plier à des artifices qui menacent l'intimité, et parfois la dignité, mais chacun sait qu'on n'a rien sans mal. Dans ce même monde, il est possible de ne pas procréer plus d'enfants que ceux désirés, et la statistique indique que le désir d'enfant y est égal à 1,7. Alors survient l'ambition de prétendre à un nouveau pouvoir d'action, comme il arrive à chaque fois qu'on a su résoudre un problème quantitatif. L'enfant, ce petit de l'homme-magicien, va connaître le sort récent des machines domestiques : on se propose de l'améliorer. L'idée n'est pas neuve, on la rêvait déjà à l'aube de chaque civilisation, et elle s'est épanouie de larmes et de sang en ce dernier siècle où beaucoup ont cru possible de maîtriser le vivant humain, et souhaitable de le conformer.

Pourtant la nature même des cibles disponibles pour l'action eugénique impliquait, depuis toujours, l'échec du projet. Jusqu'à ce que l'embryon de l'homme paraisse en éprouvette, comme pour un retour timide à l'oviparité, l'intervention eugénique ne pouvait durablement être acceptée par la société à prétention démocratique. Infanticide, fœticide, mutilations, unions interdites, les solutions eugéniques violaient nos prétentions à la civilisation et créaient l'effroi et la douleur chez les personnes suspectées. Mais cette guerre pour l'ordre sanitaire, malgré son poids de mort, de sang et d'humiliation, était perdue d'avance. De l'acte le plus violent, et le plus archaïque, qu'est l'infanticide, jusqu'au mieux civilisé qu'est le conseil génétique, en passant par la stérilisation des géniteurs potentiels et l'avortement provoqué des fœtus inconvenants, la violence eugénique ne paye pas. Elle ne paye pas l'espèce car, même si elle soulage une génération de quelques exemplaires humains déficients, elle reste inefficace pour assumer le projet global d'amélioration. Les causes de cet échec sont multiples et n'avaient pas échappé à Rostand : elles tiennent à la loterie méiotique qui distribue au hasard les gènes de chaque géniteur dans des gamètes jamais identiques, à la loterie affective qui réunit tel homme avec telle femme en un couple potentiellement procréateur, et à la loterie gamétique qui associe à chaque ovule un spermatozoïde égaré parmi deux cents millions. Ces aléas de la procréation, même génétiquement dirigée, sont aggravés par la survenue inopinée de mutations modifiant la nature des gènes, ou d'accidents affectant l'intégrité ou le nombre des chromosomes. Alors est arrivé l'embryon en éprouvette, nouveau venu de l'aventure humaine et cible enfin adaptée à la réalisation du vieux projet eugénique. Car l'œuf fécondé, humain de peu de poids affectif, migrant en nombre dans les incubateurs de laboratoire, vient avantageusement se substituer au fœtus dans la quête de l'enfant normal.

Le diagnostic prénatal, déjà largement disponible aux femmes enceintes, sait qualifier un seul fœtus et argumente son extraction de la matrice s'il diffère par trop de la norme convenue, soit, le plus souvent, si on craint pour lui un destin gravement pathologique. Mais, quand le diagnostic qualifie simultanément de nombreux embryons en éprouvette, et peut être renouvelé à court terme, la situation est différente car l'effectif des sujets disponibles pour la sélection se trouve multiplié plusieurs dizaines de fois. Aussi la sévérité avec laquelle on jugera chacun d'entre eux peut être également multipliée plusieurs dizaines de fois. Avec Rostand nous devons poser la question : « Au nom de quoi déciderons-nous ce qui est souhaitable, acceptable, licite ? Sur quels critères fonderons-nous les choix qui vont engager l'avenir ? » Bien sûr l'art gynéco-obstétrique, jusqu'ici en charge des conceptions médicales, ne pourra prétendre assumer seul les choix en question ; il devra faire alliance avec d'autres disciplines pour affronter ce gigantesque projet d'un monde meilleur. En particulier avec les enquêteurs du génome qui prévoient de savoir bientôt lire tous les secrets de l'ADN, et dont beaucoup prétendent aussi que tous les secrets de l'homme sont dans l'ADN. Déjà la génétique se montre capable d'identifier simultanément plusieurs chromosomes différents, ou plusieurs dizaines de gènes différents, dans une seule cellule, fût-elle prélevée chez un embryon qui n'en compte que quatre, deux jours après la fécondation. Il y a certainement beaucoup d'utopie dans le paradigme du tout génétique mais puisqu'il y a aussi quelques vérités, de solides intérêts industriels, et une provision énorme d'applaudissements naïfs, comment la machine à faire les meilleurs enfants serait-elle empêchée d'avancer ?

Au-delà de telle ou telle phrase de Jean Rostand, utilisable pour soutenir un point de vue sur cette perspective inédite qui consiste à trier l'humain dans l'œuf, ou plutôt dans d'abondantes couvées, sa sympathie indiscutable pour l'idéal eugénique n'aurait pas résisté à la menace, qui vient en retour, d'une intolérance aggravée.

Glissements

L'histoire récente de la procréation humaine est celle des artifices qui, sous le nom prétentieux de maîtrise, permettent à notre espèce d'acquérir des prérogatives qui font l'ordinaire des ébats animaux. C'est ce que Jean Rostand écrivait dès 1956 : « Sous la baguette magique de la biologie, voici que l'homme devient peu à peu tout autre qu'il n'était. Voici qu'il se change en une bête nouvelle et paradoxale, inconnue des nomenclatures, ayant une physiologie spéciale et bigarrée, empruntant ses traits aux familles animales les plus hétéroclites. Voici que l'*Homo sapiens* est en voie de devenir un *Homo biologicus,* étrange bipède qui cumulera les propriétés de se reproduire sans mâle comme les pucerons, de féconder sa femelle à distance comme les mollusques Nautiles, de changer de sexe comme les poissons Xiphophores, de se bouturer comme le ver de terre, de remplacer ses parties manquantes comme le triton, de se développer en dehors du corps maternel comme le kangourou, de se mettre en état d'hibernation comme le hérisson. » La diversification de nos dispositifs d'engendrement, grâce à leur médicalisation, peut aussi être lue comme une régression évolutive puisque l'homme moderne ne fait que réinventer les dispositifs ordinaires d'un passé animal. Et cette régression pourrait aller jusqu'à l'imitation des organismes les plus rudimentaires, comme les bactéries ignorantes du sexe. Alors la procréation laisserait place à la reproduction, l'union de deux êtres pour créer du jamais vu s'effaçant devant le rêve paresseux de recopier le même par clonage. Il se pourrait que la finalité inconsciente des bricolages contemporains consiste à bouturer l'humain de qualité, celui qu'on affinerait de génération en génération par le tri des embryons surnuméraires, au fil des efforts de purification génique. Admettons en effet que, malgré les incessantes mutations et la complexité des déterminismes biologiques, l'élection progressive des meilleurs génomes testés en éprouvette conduise à produire parmi nos arrière-petits-fils quelque exemplaire remarquable, à la fois mieux résistant aux maladies et plus performant que ne le fut aucun des humains créés au hasard de cinquante millénaires d'ignorance. Une société responsable, rationnelle et compétitive ne saurait accepter la ruine de ce génome rarissime soudain apparu, comme il arriverait si on laissait le porteur d'une telle merveille enfanter par la copulation, source de pollution inadmissible avec un ADN vulgaire. Comment résister alors, car ce serait au mépris du progrès de l'espèce, à la perpétuation par bouturage d'un si bel exemplaire humain ? Ainsi le procédé le plus archaïque utilisé par la nature pour la perpétuation des êtres les plus primitifs viendrait assister artificiellement la multiplication et la pérennisation de quelques êtres d'élite issus du progrès scientifique. Alors la boucle de la procréation médicalisée viendrait se refermer sur l'archaïsme originel de la reproduction sans sexe, et toute l'histoire de notre maîtrise du vivant se résumerait dans l'auréole de la science quand elle vient couronner un recommencement du monde[1].

Dans *La Vie, cette aventure*, Jean Rostand prévoyait que « lorsque le développement de l'embryon se fera en

1. Voir Jacques Testart, *Le Désir du gène*, *op. cit.*

milieu externe, nous pourrons agir beaucoup plus efficacement que nous ne le pouvons aujourd'hui. Serait-ce un bien ou un mal ? Je ne sais pas. La perspective est si vague et lointaine que mieux vaut n'en pas discuter ». C'était en 1953. La perspective n'est plus vague ni lointaine et mieux vaut aujourd'hui en discuter. Le choix n'est pas entre un optimiste béat et le pessimisme qui, selon Rostand, « exprime ce sentiment qui est, hélas, souvent et fortement le mien, de la fugacité et de l'inanité essentielle des efforts humains ». Saluons sa lucidité prémonitoire qui s'applique au débat sur ce qu'on appelle dorénavant *bioéthique* : « Les moralistes auront peut-être à se prononcer sur ces questions. Mais malheur au monde si, consultés, ils n'arrivent pas à s'entendre. »

Par le fait même de l'imperfection définitive de la nature humaine, la démarche eugénique, même enveloppée des meilleures intentions, se prête à d'infinis glissements. Et ces glissements guettent l'eugénisme positif comme l'eugénisme négatif ; ils sont alors inéluctables quand les deux formes de l'eugénisme coexistent dans la même pratique comme il arrivera avec le tri des œufs humains : sélectionner tel génome au sein d'une couvée hétérogène, c'est élire celui-ci et c'est en même temps refuser tous les autres. La révolution eugénique ne pouvait arriver que par la mise au jour des personnes potentielles, insensibles et surnuméraires, car il n'est plus tolérable d'imposer la violence eugénique aux personnes. Alors vient la question : où s'arrêter dans l'élection du meilleur comme dans l'élimination du pire ? Et tous les militants du « diagnostic préimplantatoire » se cachent derrière la formule usée et irresponsable qui repousse la réponse à plus tard, comme s'il appartenait aux générations futures de gérer le manque à penser. de leurs ancêtres. Pourtant, et avant même que de telles perspectives se précisent, Rostand s'interrogeait : « Quand l'habitude serait prise d'éliminer les monstres, de moindres tares feraient figure de monstruosités. De la suppression de l'horrible à celle de l'indésirable, il n'y a qu'un pas [...]. Peu à peu, la mentalité collective, l'optique sociale se modifieraient. Toute déchéance, physique ou momie, entraînerait une réduction du droit de vivre. » Car, ajoute Rostand en citant le biologiste Paul Chauchard : « N'est-on pas toujours le monstre de quelqu'un ? » L'arbitraire ne sévit pas seulement dans la définition du normal, il intervient aussi pour estimer la probabilité que survienne l'anormal dans chaque situation particulière. Ainsi pour le risque de monstruosité qui justifie l'avortement médical, Rostand interroge : « Mais qu'est-ce qu'une quasi-certitude ? Est-ce quatre-vingt-dix-neuf pour cent ? Quatre-vingt-quinze pour cent ? Quatre-vingt-dix pour cent ? Nous sentons combien le terrain est mouvant... » Si la génétique moderne est capable d'affirmer, quasiment sans erreur, qu'un sujet est porteur de telle ou telle variation par rapport à la norme, elle reste souvent incapable de prédire la gravité de cette variation, telle qu'elle s'exprimerait dans des environnements variés. Surtout, la génétique moléculaire, en détectant des « facteurs de prédisposition » complexes pour des affections sans cesse plus nombreuses, introduit du flou pronostique à chaque fois qu'elle produit du précis diagnostique. Au fur et à mesure qu'on sait mieux pénétrer la structure du vivant, et ainsi révéler ses carences, « on ne voit guère d'humains qui méritassent de soustraire leur tissu germinal au bistouri épurateur ! » écrit Rostand, qui estime que « le seul argument réellement valable contre la stérilisation des grands tarés, c'est l'argument social... » et qu'on ne peut « violenter le sentiment public », ni « brusquer l'opinion » que si l'avantage à escompter compense la violence imposée. Il dévoile ainsi le frein qui a limité le développement de l'eugénique négative depuis sa théorisation par Francis Galton à la fin du XIXe siècle, et la création de structures adaptées, les Sociétés d'eugénique, dans chaque pays. C'est que la sévérité eugénique arrivait en contradiction avec les discours sur la libération de l'ensemble des hommes, et qu'elle restait malgré tout incapable de démontrer son efficacité. Mais comment admettre que ce frein existerait encore si l'« épuration » devient réalisable sans violence imposée, sans que l'opinion n'en soit brusquée, comme il est possible avec le tri des meilleurs embryons dans l'éprouvette ? Car, remarquait déjà lucidement Rostand, « beaucoup plus nombreuses sont les mères capables d'éliminer un fœtus que les mères capables de tuer un nouveau-né, et encore bien plus nombreuses celles qui sont capables de détruire un très jeune embryon, sans guère plus de scrupule qu'elles n'en auraient à noyer un chaton ».

La médecine nazie, en justifiant biologiquement le meurtre des différents, assumait consciencieusement un projet national quasi consensuel. Son but n'était pas d'infliger le mal, même si les souffrances induites étaient négligées au regard de l'accomplissement du plan d'amélioration biologique : ni pervers ni sadiques, les médecins nazis étaient, selon Hannah Arendt, « effroyablement normaux ». Ainsi, l'action eugénique resta déconnectée d'une volonté de violenter, jusque dans l'atrocité ; voici qu'elle parvient enfin à l'économie de la violence. C'est finalement l'état de la technologie qui, par ses caractéristiques d'efficacité, de coût, de pénibilité, limite le degré du recours à l'eugénisme. Il existe alors une logique implacable de dérive eugénique, en fonction des progrès techniques, logique qui n'avait pas jusqu'ici trouvé à s'exprimer dans des conditions conformes à la dignité des personnes. Mais, prévoit Rostand, « la notion d'indignité biologique, d'abord bien circonscrite, ne tarderait pas à s'élargir et à s'impréciser : après avoir éliminé ce qui n'est plus humain, n'en viendrait-on pas bientôt à supprimer ce qui ne l'est pas suffisamment, pour ne faire grâce, en fin de compte, qu'à ce qui flatte l'idée qu'on se fait de l'humain », et il conclut par un engagement résolu pour défendre la dignité de tous les hommes contre les projets planificateurs de la technique froide : « J'ai la faiblesse de penser que c'est l'honneur d'une société que d'assumer, que de vouloir ce luxe pesant que représente pour elle la charge des incurables, des inutiles, des incapables ; et presque je mesurerais son degré de civilisation à la quantité de peine et de vigilance qu'elle s'impose par pur respect de la vie. Il est bien que l'on dispute avec acharnement, et comme si l'on tenait à lui, l'existence d'un être qui n'a objectivement aucun prix, et qui n'est même pas aimé de quelqu'un… »

On ne peut suspecter Rostand d'« obscurantisme », comme le font des jugements expéditifs adressés aujourd'hui à quiconque vient rompre l'enthousiasme suscité par les zélateurs inconditionnels du « progrès ». Pourtant il confiait que « quelque chose en nous marchande son adhésion à ce monde organisé, contrôlé, technicisé, standardisé, aseptisé, blanchi de toutes tares, épuré du hasard, du désordre et du risque [...]. Nés de semences sélectionnées, tous nantis de gènes sans défauts, ayant bénéficié d'hormones sur actives et d'une légère correction de l'encéphale, tous les hommes seront beaux, sains, forts, intelligents. On vivra deux cents ans, ou même davantage. Il n'y aura plus d'échec, plus d'angoisse, plus de drame. La vie sera plus sûre, plus facile, plus longue, mais vaudra-t-elle encore d'être vécue ? » Hans Jonas a, depuis, fait écho à cette inquiétude en écrivant : « La question n'est pas : cela marchera-t-il ?... mais : à quoi l'homme doit-il s'habituer ? à quoi a-t-on le droit de le forcer ou de l'autoriser à s'habituer ?... » Rostand, cet « homme du futur », comme disait Andrée Tétry en venait à honorer le passé : « Ne portons pas trop d'envie au futur. Ne tenons pas à malchance d'avoir vécu à l'époque barbare où les parents devaient se contenter des présents du hasard, car il est douteux que ces fils rectifiés et calculés inspirent les mêmes sentiments que nous inspirent les nôtres, tout fortuits, imparfaits et décevants qu'ils sont. » Malgré cette critique virulente d'une évolution qu'il redoute, le biologiste semble, pour une fois, se faire optimiste, ou peut-être est-il seulement résigné quand il écrit : « Vaines alarmes d'une sensibilité presque désuète. C'est l'avenir, toujours, qui a raison, et rien ne sert de lui bouder, pour déconcertant que nous paraisse son visage. Quel que soit le monde que la science nous prépare, nos successeurs sauront bien s'en accommoder, et, sauf quelques originaux qui feindront de regretter le passé, ils songeront à nous, s'ils y songent, avec une pitié condescendante. » Peut-être est-ce en assimilant notre présent à un passé déjà désuet que l'éthique de comité ne sait condamner l'actualité que du bout des lèvres, et en prévenant de la fugacité de son jugement qui « pourra être révisé en fonction de l'évolution des connaissances et des techniques ». Rostand prévoyait une telle dynamique du jugement éthique, par un effet d'entraînement de la réalité technique et il devinait que, toujours, les cultures accepteront de plier. Antonin Artaud a lumineusement illustré cet inéluctable destin en écrivant que « les individus ne sont pas endoctrinés par des idées mais par des actes anatomiques et physiologiques lents… »

Repères biographiques

1894 naissance à Paris de Jean Rostand.

1900 déménagement à Cambo, au Pays basque.

1901 le père, Edmond, âgé de trente-trois ans, est élu à l'Académie française.

1903 Jean Rostand découvre les œuvres de l'entomologiste Jean-Henri Fabre.

1906 il apprend la dissection de la grenouille.

1912 il fait ses premières expériences scientifiques (injection d'hormones chez la lapine).

1913 il obtient ses premiers certificats à la Sorbonne.

1914 réformé, engagé volontaire comme infirmier.

1918 son père meurt, trois semaines après la manifestation du 11 Novembre, où il a contracté la grippe espagnole.

1919 il publie sa première œuvre littéraire, *Le Retour des pauvres,* sous un pseudonyme (Jean Sokori).

1920 épouse sa cousine germaine Andrée Mante ; publie son premier travail scientifique (sur une mouche parasite d'un mollusque).

1921 naissance de son fils François, dont Anna de Noailles est la marraine

1922 installation à Ville-d'Avray

1928 publie son premier ouvrage de vulgarisation : *Les Chromosomes, artisans de l'hérédité et du sexe.*

1959 élection à l'Académie française.

1977 décès à son domicile de Ville-d'Avray.

Œuvres de Jean Rostand

ŒUVRES LITTÉRAIRES, ESSAIS

Le Retour des pauvres (pseudonyme : Jean Sokori, 1919) ; *La Loi des riches* (Grasset, 1920) ; *Pendant qu'on souffre encore* (Grasset, 1921) ; *Ignace ou l'Écrivain* (Fasquelle, 1923) ; *Deux Angoisses : la Mort, l'Amour* (Fasquelle, 1924) ; *De la vanité et de quelques autres sujets* (Fasquelle, 1925) ; *Les Familiotes et autres essais de mystique bourgeoise* (Fasquelle, 1925) ; *De l'amour des idées* (Claude Aveline, 1926) ; *Le Mariage* (Hachette, 1927) ; *Valère ou l'Exaspéré* (Fasquelle, 1927) ; *Julien ou une conscience* (Fasquelle, 1928) ; *Journal d'un caractère* (Fasquelle, 1931) ; *Pensées d'un biologiste* (Stock, 1939) ; *Pages d'un moraliste* (Fasquelle, 1952) ; *Ce que je crois* (Grasset, 1953) ; *Carnet d'un biologiste* (Stock, 1959) ; *Inquiétudes d'un biologiste* (Stock, 1957).

LIVRES SCIENTIFIQUES

Les Chromosomes, artisans de l'hérédité et du sexe (Hachette, 1928) ; *De la mouche à l'homme* (Fasquelle, 1930) ; *La Formation de l'être* (Hachette, 1930) ; *L'État présent du transformisme* (Stock, 1931) ; *L'Évolution des espèces* (Hachette, 1932) ; *L'Aventure humaine* (Fasquelle, 1933) ; *La Vie des crapauds* (Stock, 1933) ; *La Vie des libellules* (Stock, 1934) ; *Insectes* (Flammarion, 1936) ; *La Nouvelle Biologie* (Fasquelle. 1937) ; *La Par-*

thénogénèse des vertébrés (Hermann, 1938) ; *Claude Bernard* (NRF, 1938) ; *Biologie et Médecine* (NRF, 1939) ; *Hérédité et Racisme* (NRF, Gallimard, 1939) ; *La Vie et ses problèmes* (Flammarion, 1939) ; *Science et Génération* (Fasquelle, 1940) ; *L'Homme – Introduction à l'étude de la biologie humaine* (NRF, Gallimard, 1941) ; *Les Idées nouvelles de la génétique* (PUF, 1941) ; *Hommes de vérité.* I : *Pasteur, Claude Bernard, Fontenelle, La Rochefoucauld* (Stock, 1942) ; *La Genèse de la vie* (Hachette, 1943) ; *La Vie des vers à soie,* (NRF, Gallimard, 1944) ; *Esquisse d'une histoire de la biologie* (Gallimard, 1945) ; *L'Avenir de la biologie* (Éd. du Sablon, 1946) ; *Charles Darwin* (Gallimard, 1947) ; *Hommes de vérité.* II : *Lamarck, Davaine, Mendel, Fabre, Barbellion* (Stock, 1948) ; *La Parthénogenèse animale* (PUF, 1950) ; *La Biologie et l'Avenir humain* (A. Michel, 1950) ; *La Génétique des batraciens* (Hermann, 1951) ; *Les Grands Courants de la biologie* (Gallimard, 1951) ; *Les Origines de la biologie expérimentale et l'abbé Spallanzani* (Fasquelle, 1951) ; *L'Hérédité humaine* (Que sais-je ?, 1952) ; *La Vie, cette aventure* (La Table Ronde, 1953) ; *Les Crapauds, les Grenouilles et quelques grands problèmes biologiques* (Gallimard, 1955) ; *L'Atomisme en biologie* (Gallimard, 1956) ; *Peut-on modifier l'Homme ?* (Gallimard, 1956) ; *Aux sources de la biologie* (Gallimard, 1958) ; *Bestiaire d'amour* (Laffont, 1958) ; *Science fausse et fausses sciences* (Gallimard, 1958) ; *L'Évolution* (Delpire, 1960) ; *Aux frontières du surhumain* (Union Générale d'Éditions, 1962) ; *La Vie* (avec Andrée Tétry, Larousse, 1962) ; *Le Droit d'être naturaliste* (Stock, 1963) ; *Biologie et Humanisme* (Gallimard, 1964) ; *Hommes d'autrefois et d'aujourd'hui* (Gallimard, 1966) ; *Maternité et Biologie* (Gallimard, 1966) ; *Le Courrier d'un biologiste* (Gallimard,

1970) ; *Les Étangs à monstres* (Stock, 1971) ; *L'Homme, initiation à la biologie* (avec Andrée Tétry, Larousse, 1972).

TRADUCTIONS

De Beer G. R. : *Embryologie et Évolution* (A. Legrand, 1933) ; Morgan T. H. : *Embryologie et Génétique* (Gallimard, 1936) ; Muller H. J. : *Hors de la nuit* (Gallimard, 1938).

ARTICLES SCIENTIFIQUES ORIGINAUX

118 articles rapportant ses travaux de 1920 à 1972 dans différentes revues dont *Bull. Soc. entom. Fr.* (12 articles) ; *C. R. Soc. Biol.* (45 articles) ; *C. R. Acad. Sci.* (33 articles) ; *Rev. Sci.* (14 articles).

Quelques ouvrages sur Jean Rostand

Andrée TÉTRY (biologiste qui fut sa collaboratrice) : *Jean Rostand, un homme du futur,* préface de J. Testart (La Manufacture, Lyon, 1988). L'ouvrage le plus complet comportant biographie, analyse de l'œuvre, souvenirs de l'auteur, et des extraits d'écrits dont les textes de certaines conférences difficiles à trouver.

Jean-Louis FISHER : *Jean Rostand, confidences d'un biologiste* (« Agora », Presses Pocket, Paris, 1977). Choix judicieux de textes avec préface très riche d'un historien des sciences qui fréquenta beaucoup Jean Rostand.

Denis BUICAN : *Jean Rostand, le patriarche iconoclaste de Ville-d'Avray* (Éd. Kimé, 1994). Ayant connu Rostand sur le tard, l'auteur insiste surtout sur l'intérêt que lui aurait porté le biologiste disparu.

Table

Avant-Propos 9

Jean Rostand, biologiste et moraliste 21

Origines 23
Le citoyen du monde 29
L'artisan biologiste 34
Le moraliste 38
Vers *l'Homo biologicus* 46

Sur la nature 51

La nature nous convient 53
Repères 58
Les naturalistes 67
Sexualité 74
Le droit d'être naturaliste 80

Sur la science 87

Recherche 89
Progrès 93
Rostand chercheur 100

Fausses sciences 108
Prudence 113
Vulgarisation 116
Maîtrise 120

SUR L'EUGÉNISME 129

Améliorer l'homme 131
Dégénérescence 141
Qualité humaine 148
Le tri des œufs 158
Glissements 164

Repères biographiques 173
Œuvres de Jean Rostand 175
Quelques ouvrages sur Jean Rostand 179

RÉALISATION : PAO ÉDITIONS DU SEUIL
IMPRESSION : BCI (SEPC) À SAINT-AMAND-MONTROND
DÉPÔT LÉGAL : MAI 2000. N° 41400 (001962/1)

Collection Points

SÉRIE SCIENCES

dirigée par Jean-Marc Lévy-Leblond et Nicolas Witkowski

S1. La Recherche en biologie moléculaire
ouvrage collectif
S2. Des astres, de la vie et des hommes
par Robert Jastrow (épuisé)
S3. (Auto)critique de la science
par Alain Jaubert et Jean-Marc Lévy-Leblond
S4. Le Dossier électronucléaire
par le syndicat CFDT de l'Énergie atomique
S5. Une révolution dans les sciences de la Terre
par Anthony Hallam
S6. Jeux avec l'infini, *par Rózsa Péter*
S7. La Recherche en astrophysique, *ouvrage collectif*
(nouvelle édition)
S8. La Recherche en neurobiologie *(épuisé)*
(voir nouvelle édition, S 57)
S9. La Science chinoise et l'Occident
par Joseph Needham
S10. Les Origines de la vie, *par Joël de Rosnay*
S11. Échec et Maths, *par Stella Baruk*
S12. L'Oreille et le Langage
par Alfred Tomatis (nouvelle édition)
S13. Les Énergies du Soleil, *par Pierre Audibert*
en collaboration avec Danielle Rouard
S14. Cosmic Connection ou l'Appel des étoiles
par Carl Sagan
S15. Les Ingénieurs de la Renaissance, *par Bertrand Gille*
S16. La Vie de la cellule à l'homme, *par Max de Ceccatty*
S17. La Recherche en éthologie, *ouvrage collectif*
S18. Le Darwinisme aujourd'hui, *ouvrage collectif*
S19. Einstein, créateur et rebelle, *par Banesh Hoffmann*
S20. Les Trois Premières Minutes de l'Univers
par Steven Weinberg
S21. Les Nombres et leurs mystères
par André Warusfel
S22. La Recherche sur les énergies nouvelles
ouvrage collectif
S23. La Nature de la physique, *par Richard Feynman*
S24. La Matière aujourd'hui, *par Émile Noël* et al.

S25. La Recherche sur les grandes maladies
ouvrage collectif
S26. L'Étrange Histoire des quanta
par Banesh Hoffmann et Michel Paty
S27. Éloge de la différence, *par Albert Jacquard*
S28. La Lumière, *par Bernard Maitte*
S29. Penser les mathématiques, *ouvrage collectif*
S30. La Recherche sur le cancer, *ouvrage collectif*
S31. L'Énergie verte, *par Laurent Piermont*
S32. Naissance de l'homme, *par Robert Clarke*
S33. Recherche et Technologie
Actes du Colloque national
S34. La Recherche en physique nucléaire
ouvrage collectif
S35. Marie Curie, *par Robert Reid*
S36. L'Espace et le Temps aujourd'hui
ouvrage collectif
S37. La Recherche en histoire des sciences
ouvrage collectif
S38. Petite Logique des forces, *par Paul Sandori*
S39. L'Esprit de sel, *par Jean-Marc Lévy-Leblond*
S40. Le Dossier de l'Énergie
par le Groupe confédéral Énergie (CFDT)
S41. Comprendre notre cerveau
par Jacques-Michel Robert
S42. La Radioactivité artificielle
par Monique Bordry et Pierre Radvanyi
S43. Darwin et les Grandes Énigmes de la vie
par Stephen Jay Gould
S44. Au péril de la science ?, *par Albert Jacquard*
S45. La Recherche sur la génétique et l'hérédité
ouvrage collectif
S46. Le Monde quantique, *ouvrage collectif*
S47. Une histoire de la physique et de la chimie
par Jean Rosmorduc
S48. Le Fil du temps, *par André Leroi-Gourhan*
S49. Une histoire des mathématiques
par Amy Dahan-Dalmedico et Jeanne Peiffer
S50. Les Structures du hasard, *par Jean-Louis Boursin*
S51. Entre le cristal et la fumée, *par Henri Atlan*
S52. La Recherche en intelligence artificielle
ouvrage collectif
S53. Le Calcul, l'Imprévu, *par Ivar Ekeland*
S54. Le Sexe et l'Innovation, *par André Langaney*
S55. Patience dans l'azur, *par Hubert Reeves*

S56. Contre la méthode, *par Paul Feyerabend*
S57. La Recherche en neurobiologie
ouvrage collectif
S58. La Recherche en paléontologie
ouvrage collectif
S59. La Symétrie aujourd'hui, *ouvrage collectif*
S60. Le Paranormal, *par Henri Broch*
S61. Petit Guide du ciel, *par A. Jouin et B. Pellequer*
S62. Une histoire de l'astronomie
par Jean-Pierre Verdet
S63. L'Homme re-naturé, *par Jean-Marie Pelt*
S64. Science avec conscience, *par Edgar Morin*
S65. Une histoire de l'informatique
par Philippe Breton
S66. Une histoire de la géologie, *par Gabriel Gohau*
S67. Une histoire des techniques, *par Bruno Jacomy*
S68. L'Héritage de la liberté, *par Albert Jacquard*
S69. Le Hasard aujourd'hui, *ouvrage collectif*
S70. L'Évolution humaine, *par Roger Lewin*
S71. Quand les poules auront des dents
par Stephen Jay Gould
S72. La Recherche sur les origines de l'univers
par La Recherche
S73. L'Aventure du vivant, *par Joël de Rosnay*
S74. Invitation à la philosophie des sciences
par Bruno Jarrosson
S75. La Mémoire de la Terre, *ouvrage collectif*
S76. Quoi ! C'est ça, le Big-Bang ?
par Sidney Harris
S77. Des technologies pour demain, *ouvrage collectif*
S78. Physique quantique et Représentation du monde
par Erwin Schrödinger
S79. La Machine univers, *par Pierre Lévy*
S80. Chaos et Déterminisme, *textes présentés et réunis par A. Dahan-Dalmedico, J.-L. Chabert et K. Chemla*
S81. Une histoire de la raison, *par François Châtelet (entretiens avec Émile Noël)*
S82. Galilée, *par Ludovico Geymonat*
S83. L'Age du capitaine, *par Stella Baruk*
S84. L'Heure de s'enivrer, *par Hubert Reeves*
S85. Les Trous noirs, *par Jean-Pierre Luminet*
S86. Lumière et Matière, *par Richard Feynman*
S87. Le Sourire du flamant rose
par Stephen Jay Gould
S88. L'Homme et le Climat, *par Jacques Labeyrie*

S89. Invitation à la science de l'écologie
par Paul Colinvaux
S90. Les Technologies de l'intelligence
par Pierre Lévy
S91. Le Hasard au quotidien, *par José Rose*
S92. Une histoire de la science grecque
par Geoffrey E. R. Lloyd
S93. La Science sauvage, *ouvrage collectif*
S94. Qu'est-ce que la vie ?, *par Erwin Schrödinger*
S95. Les Origines de la physique moderne, *par I. Bernard Cohen*
S96. Une histoire de l'écologie, *par Jean-Paul Deléage*
S97. L'Univers ambidextre, *par Martin Gardner*
S98. La Souris truquée, *par William Broad et Nicholas Wade*
S99. A tort et à raison, *par Henri Atlan*
S100. Poussières d'étoiles, *par Hubert Reeves*
S101. Fabrice ou l'École des mathématiques, *par Stella Baruk*
S102. Les Sciences de la forme aujourd'hui, *ouvrage collectif*
S103. L'Empire des techniques, *ouvrage collectif*
S104. Invitation aux mathématiques, *par Michael Guillen*
S105. Les Sciences de l'imprécis, *par Abraham A. Moles*
S106. Voyage chez les babouins, *par Shirley C. Strum*
S107. Invitation à la physique, *par Yoav Ben-Dov*
S108. Le Nombre d'or, *par Marguerite Neveux*
S109. L'Intelligence de l'animal, *par Jacques Vauclair*
S110. Les Grandes Expériences scientifiques, *par Michel Rival*
S111. Invitation aux sciences cognitives, *par Francisco J. Varela*
S112. Les Planètes, *par Daniel Benest*
S113. Les Étoiles, *par Dominique Proust*
S114. Petites Leçons de sociologie des sciences
par Bruno Latour
S115. Adieu la Raison, *par Paul Feyerabend*
S116. Les Sciences de la prévision, *collectif*
S117. Les Comètes et les Astéroïdes
par A.-Chantal Levasseur-Legourd
S118. Invitation à la théorie de l'information
par Emmanuel Dion
S119. Les Galaxies, *par Dominique Proust*
S120. Petit Guide de la Préhistoire, *par Jacques Pernaud-Orliac*
S121. La Foire aux dinosaures, *par Stephen Jay Gould*
S122. Le Théorème de Gödel
par Ernest Nagel / James R. Newman
Kurt Gödel / Jean-Yves Girard
S123. Le Noir de la nuit, *par Edward Harrison*
S124. Microcosmos, Le Peuple de l'herbe
par Claude Nuridsany et Marie Pérennou

S125. La Baignoire d'Archimède
par Sven Ortoli et Nicolas Witkowski
S126. Longitude, *par Dava Sobel*
S127. Petit Guide de la Terre, *par Nelly Cabanes*
S128. La vie est belle, *par Stephen Jay Gould*
S129. Histoire mondiale des sciences, *par Colin Ronan*
S130. Dernières Nouvelles du cosmos.
Vers la première seconde, *par Hubert Reeves*
S131. La Machine de Turing
par Alan Turing et Jean-Yves Girard
S132. Comment fabriquer un dinosaure
par Rob DeSalle et David Lindley
S133. La Mort des dinosaures, *par Charles Frankel*
S134. L'Univers des particules, *par Michel Crozon*
S135. La Première Seconde, *par Hubert Reeves*
S136. Au hasard, *par Ivar Ekeland*
S137. Comme les huit doigts de la main
par Stephen Jay Gould

Collection Points

SÉRIE ESSAIS

DERNIERS TITRES PARUS

370. Les Règles de l'art, *par Pierre Bourdieu*
371. La Pragmatique aujourd'hui,
une nouvelle science de la communication
par Anne Reboul et Jacques Moeschler
372. La Poétique de Dostoïevski, *par Mikhaïl Bakhtine*
373. L'Amérique latine, *par Alain Rouquié*
374. La Fidélité, *collectif dirigé par Cécile Wajsbrot*
375. Le Courage, *collectif dirigé par Pierre Michel Klein*
376. Le Nouvel Age des inégalités
par Jean-Paul Fitoussi et Pierre Rosanvallon
377. Du texte à l'action, essais d'herméneutique II
par Paul Ricœur
378. Madame du Deffand et son monde
par Benedetta Craveri
379. Rompre les charmes, *par Serge Leclaire*
380. Éthique, *par Spinoza*
381. Introduction à une politique de l'homme,
par Edgar Morin
382. Lectures 1. Autour du politique
par Paul Ricœur
383. L'Institution imaginaire de la société
par Cornelius Castoriadis
384. Essai d'autocritique et autres préfaces, *par Nietzsche*
385. Le Capitalisme utopique, *par Pierre Rosanvallon*
386. Mimologiques, *par Gérard Genette*
387. La Jouissance de l'hystérique, *par Lucien Israël*
388. L'Histoire d'Homère à Augustin
préfaces et textes d'historiens antiques
réunis et commentés par François Hartog
389. Études sur le romantisme, *par Jean-Pierre Richard*
390. Le Respect, *collectif dirigé par Catherine Audard*
391. La Justice, *collectif dirigé par William Baranès*
et Marie-Anne Frison Roche
392. L'Ombilic et la Voix, *par Denis Vasse*
393. La Théorie comme fiction, *par Maud Mannoni*
394. Don Quichotte ou le roman d'un Juif masqué
par Ruth Reichelberg

395. Le Grain de la voix, *par Roland Barthes*
396. Critique et Vérité, *par Roland Barthes*
397. Nouveau Dictionnaire encyclopédique des sciences du langage *par Oswald Ducrot et Jean-Marie Schaeffer*
398. Encore, *par Jacques Lacan*
399. Domaines de l'homme, *par Cornelius Castoriadis*
400. La Force d'attraction, *par J.-B. Pontalis*
401. Lectures 2, *par Paul Ricœur*
402. Des différentes méthodes du traduire *par Friedrich D. E. Schleiermacher*
403. Histoire de la philosophie au XXe siècle *par Christian Delacampagne*
404. L'Harmonie des langues, *par Leibniz*
405. Esquisse d'une théorie de la pratique *par Pierre Bourdieu*
406. Le XVIIe siècle des moralistes, *par Bérengère Parmentier*
407. Littérature et engagement, de Pascal à Sartre *par Benoît Denis*
408. Marx, une critique de la philosophie, *par Isabelle Garo*
409. Amour et Désespoir, *par Michel Terestchenko*
410. Les Pratiques de gestion des ressources humaines *par François Pichault et Jean Mizet*
411. Précis de sémiotique générale *par Jean-Marie Klinkenberg*
412. Écrits sur le personnalisme, *par Emmanuel Mounier*
413. Refaire la Renaissance, *par Emmanuel Mounier*
414. Droit constitutionnel, 2. Les démocraties *par Olivier Duhamel*
415. Droit humanitaire, *par Mario Bettati*
416. La Violence et la Paix, *par Pierre Hassner*
417. Descartes, *par John Cottingham*
418. Kant, *par Ralph Walker*
419. Marx, *par Terry Eagleton*
420. Socrate, *par Anthony Gottlieb*
421. Platon, *par Bernard Williams*
422. Nietzsche, *par Ronald Hayman*
423. Les Cheveux du baron de Münchhausen *par Paul Watzlawick*
424. Husserl et l'énigme du monde, *par Emmanuel Housset*
425. Sur le caractère national des langues *par Wilhelm von Humboldt*
426. La Cour pénale internationale, *par William Bourdon*
427. Justice et Démocratie, *par John Rawls*